乌蒙山记

雷平阳 著

雷平阳作品系列

广西师范大学出版社
·桂林·

乌蒙山记

自 序

在诗集《基诺山》的序言中,我写到了乌蒙山的地震。当时,我还没有开始这本寓言式随笔的写作。它们之间有着什么联系呢?我想,这本书就是那场地震在我体内绵绵不绝的余震。也可以说,那场地震,两年之后,才在我的身体里产生毁灭性的颠覆、难以言说的死难和迟到的拯救。

在一些读者的阅读经验中,我一直都在书写"故乡",甚至有读者认为,我的所有文字都与昭通有关。其实不然,我书写故乡或者昭通的文字非常有限。感谢人们的误读,它没有给我造成任何伤害,相反,这成了我写这本书的缘起之一。至少,我觉得自己真的应该写一本有着大量的故乡地名的书了。多年来,我希望自己永远都是一个有精神出处的写作者,天空、云朵、溶洞、草丛、异乡、寺庙、悬崖,凡是入了我的心、动了我的肺腑的、与我的思想和想象契合的,谁都可能成为我文学的诞生地。但我从来没有纠缠于"此地"或"彼地",我认为,类似的纠缠,与创造力的没落没有什么不同,只会让自己的文字丧失一百座天堂。为什么我的文字只能属于某个地方、某些人、某种狭隘的审美?在我的经验里,文学有着神圣的母语,但它不能拥有永恒的故乡。写作本书的过程中,当我把目光投向乌蒙山,当一个个乌蒙山地区的地名出现在纸上,必须坦白交代,《乌蒙山记》仍然像我的《云南记》和《基诺山》一样,它里面的乌蒙山仍然是我用来谱写个人精神史的流放地或密室。我在自己虚构的王国中生活和写作,大量的现实事件于我而言近似于虚构,是文字的骨灰在天堂里纷纷扬扬。采用真实的地名,乃是基于我对"真实"持有无限想象的嗜好。当然,大量使用乌蒙山的地名,也包含了我怀抱着的、一些人感受不到的深情。这是一种令人不安的写作,它可能会让我在以后的时光里陷入忏悔与自责,我勤力为之,因为我也想在未来因它而得到一份违禁般的宁静与沉默。

  本书的篇什,大部分可以划入荒诞的寓言范畴,可以被一再地改写,亦可让其呈现出一种未完成状态,一如残稿。这不是我对文本和读者的不尊敬,一切正好相反,我尽力地写了,但它们没有获得完成的机会。

雷平阳

2016 年春,昆明

目　录

短歌行 /001

距离东川十公里 /003

弑父 /005

滇川道上 /008

宴席 /009

空信封 /011

在巧家县的天空下 /013

鹦鹉 /017

烟云 /018

论个人主义 /020

作为人质的国王 /022

坛子 /023

血案 /026

嚎叫 /028

泥丸 /033

回乡记 /043

出发 /050

清晨 /052

中午 /055

夜晚 /057

从镇雄到赫章 /058

山坡 /060

两个木匠 /067

渡江 /069

烟花劫 /072

山谷里的死亡训练 /075

与小学女同学擦肩而过 /077

街头 /078

雪地上 /080

分身术 /082

猎虎记 /085

落日 /088

失踪者 /090

数学 /094

天空安魂曲 /096

木偶 /099

跑着跑着就哭了 /101

派出所日记 /103

秋水生 /107

画红 /109

红色的背影 /111

过期的景象 /113

哭丧 /115

冰面上的雪 /118

山为陵 /124

江水 /127

失重 /131

溶洞里的集市 /133

大戏 /136

背巨石下山 /139

暗夜中的山水 /143

温州来信 /145

樱桃 /148

仓皇 /149

槐树 /150

罪孽 /153

表哥 /155

收藏家 /156

在曲靖市的郊外 /160

杨昭的诡计 /162

国道上的人质 /166

复活 /171

买醉记 /173

蠢蠢欲动的生活 /176

水城来客 /178

天国上空的月亮 /186

在凤凰山上想 /197

彩虹 /200

日落渡 /214

上坟记 /221

农家乐 /238

短歌行

到观斗山去的人,心里都装满了星斗。他们在山上看见的这些星斗,就是他们安装到天空里去的。他们并不需要额外的发光体,之所以千里迢迢地赶赴观斗山,只因他们迷恋带着星斗风尘仆仆地赶路的滋味,需要观斗山这样一座有仪式感的瞭望台,需要天空这样一片天花板。

我在镇雄县到威信县之间的那条野草丛生的路上,遇到过很多从观斗山下来的人。从外表上观察,他们普遍有着到天空安装星斗时所获得的孤独与疲惫,少数人似乎还把灵魂安插在了辽阔的夜空里。他们彼此之间没有任何交流,也没有谁坐在路边,给蚂蚁和小草讲授天文学知识。我给一个摔碎了膝盖的老人让路,顺便向他打听如何才能保持长期仰望的秘诀,他斜眼看了我一下,在拐杖的引导下头也不回地走了。很显然,他把我当成了一个恶棍一样的异教徒,而且认定,给他让路,是必须的,只有从他们往来的路面上闪开,我的生命才具有合法性。

我目送他们远去。心里难免琢磨,如果造物主把天空交到他们手上,他们会不会在天空上安装监视器,并顺手建起一批火力发电站和义肢厂？可以肯定，如果真有那一天，天文学一定会取代哲学和政治经济学，天空里也必然会挖出一条条黑暗的隧道，一条高速公路将会把天国与阴间果断地连接起来。

距离东川十公里

从昭通去东川,在距离东川十公里的路边上,我看见一座巨大的采石场,只有一个女人在开采石头。我没有把她当成令人哭笑不得的愚公,只是好奇,这采石场里为什么只有她一个人。而且,在她的四周堆满了开采下来还没有运走的石头,她一天的开采量少得可怜,甚至可能在一块巨大的顽石下面一无所获。

我走到她身边时,她正高举铁锤,卖力地击打整整一座悬崖。那些石头仿佛有意与她作对,以一座悬崖的身份俯视着她。她的发丛和脸上的皱纹里塞满了石屑,衣服上也扑满了石粉,青筋暴露的双手开了很多裂口,有些裂口还流着血。她转头看我时,那坚毅的目光里,夹杂着对一个陌生来客必有的警惕。

"这个采石场里没有其他人?"我的提问是明知故问,目的是找出对话的可能性。

"你只看见我一个人,我能看见好多好多的人。"她的回答,提供出来的信息正是我想要的,但还是让我顿时感到背上有一颗铁钉,正被铁锤打入骨梁。我没有再问她什么,她继续挥动着铁锤。当我重新返回到公路上,准备驱车离开时,看见她丢下铁锤,挥舞着双手,向我跑过来。

　　也许人们都会想,她肯定向我讲述了很多采石场的故事,特别是关于她眼中那好多好多人的去向。事实上,十公里的路程中,我们几乎一句话也没说,她只是搭我的顺风车,到了东川郊外一个打造墓碑的地方,就下车了。

弑父

父亲一生没有出过远门,都是在村庄里绕圈子。但他从唱书人的口里知道了世界上有一个歌舞升平的蜀国,他决定在自己死之前,一定要去看一看。村庄里的年轻人都外出打工去了,他找不到可以咨询出行知识的人,就私底下按照古代的方法,买了一匹马,铸了一把剑,还把家里的宅基地卖了,将五万块钱在银饰铺换成了银两。一个暮秋的清晨,天上的星宿还在闪烁,田野里的稻穗和草叶上挂满了白露,父亲行囊里装着白银,背着沉重的铁剑,骑上马,出了村口,向着鸡叫声与狗吠声四起的北方出发了。

村庄里的傻子一宿没睡,坐在梨树丫上,一头白霜,笑嘻嘻地问他:"你要去哪里?"他说:"蜀国。"只在夜里放牧的羊倌,赶着几头羊,从北方的黑夜里回来,问他:"你要去哪里?"他说:"蜀国。"田野上的守夜人喝醉了,正在与想象中的鬼打架,见了他,停下挥舞的拳脚,问他:"你要去哪里?"他说:"蜀国。"傻子、羊倌和守夜人都不知道蜀国在哪儿,只能愣愣地望着他骑马朝着北方走去。父亲骑在马上,凉风吹拂着他的衣衫,也吹拂着他常年没有洗涤的白发。对身后的村庄，他虽然多多少少有些不舍，但他的心里，那时候只装着一支支大军轮番争夺的壮丽的成都、一眼望不到边的川南平原、美丽的蜀国女子和油汪汪的蜀国美食。他也曾热血沸腾，幻想着能在某个蜀国将军的帐下当一个传令兵，扯着嗓门，号令千军万马。傻子还没傻去之前，是一个铁匠，他曾在傻子的铁匠铺里对傻子说，他一生最大的愿望就是穿着一身铁甲，走起路来，铁甲撞击有声，哐啷哐啷，像一个铁打的战神。

父亲向着蜀国走去的第二天下午，在昭通城做牛皮生意的儿子骑着摩托车回来了。摩托的屁股上牵着一根棕绳，棕绳的另一端系着一匹马，马背上坐着垂头丧气的父亲。傻子还坐在梨树上，夜牧的羊倌和守夜人则在家里沉沉大睡，村子里没什么人，只有几个老人咧着没牙的嘴巴在唱红歌，几个留守儿童在高声背诵课本上众所周知的古诗。儿子将摩托停在破败的家门前，熄了火，黑着脸，对着马背上的父亲，一声断喝："下来！"父亲显然还没掌握骑马的技术，翻身下马时，心里一慌，双脚没沾地，人已滚落在地上，发出铁剑和白银击地的声响。这时候，母亲从家里走了出来，一边伸手去扶父亲，一边在嘴巴里责怪着父亲荒唐的行径。随后，围绕着宅基地的问题，家里发生了激烈的争吵，儿子咆哮不休，父亲同样也在咆哮。咆哮的声音一直持续到黄昏。就在人们以为事态随着月亮的升起终将平息之时，只见儿子提着父亲的那把铁剑，追着父亲满村子疯跑，嘴巴里嚷着："砍死你，我砍死你！"

暮秋的月亮升起在古老的天空上，泛着黄色的光。夜牧的羊倌赶着羊羔出了村，守夜人提着一瓶酒，边喝边往田野上走去，傻子从梨树上下来了，在一堆草垛里睡着了。年老的父亲被追杀自己的儿子逼到了梨树下，走投无路之时，体内竟然生出了傻子才有的爬树功夫，猴子似的，一眨眼，便蹿到了高高的梨树上。儿子挥舞着铁剑，一再地纵身去砍父亲，但始终够不着，想爬上梨树去，试了几次，却又怎么也爬不上去。村子里的老人和留守儿童都来到了梨树下，老人停止了唱歌，儿童也不再背诵古诗，他们像一群观众，沉默地看着眼前正在演出的戏剧：父亲在梨树上诅咒着，老泪纵横；儿子用铁剑砍伐着梨树，嘴巴里也在不停地诅咒。老人和孩子都知道，再粗的梨树总会在天亮之前被砍倒，但谁也没有力量去阻止，也阻止不了。后来，大家就散了，没人在意月光里响着的伐树的声音。

滇川道上

乡下的舅舅病入膏肓,而我又不能替他做什么,比如替他忍受无处不在的疼痛,替他诅咒。从他的床边离开,来到昭通城的大街上,我不知道自己下一步该干什么。徘徊了一阵,我突然想去登峨眉山。

从昭通前往四川,我搭乘的是一辆贩运黑山羊的大卡车。四川省的屠宰场磨刀霍霍,卡车在盘山公路上却怎么也跑不出光和风的速度,车厢里紧紧地挤在一起的黑山羊咩咩咩地叫着。卡车爬上山顶,一轮落日,像金字塔那样,从青灰色的天空里,向着莽莽苍苍的群山落了下来。

一瞬之间,我听见山谷中传来了寺院的暮鼓声,清凉而又沉郁,仿佛落日发出的回响。

宴席

破败多年的关帝庙里,后半夜突然亮起了火光,而且伴着叮叮叮的錾石头的声音。熟睡中的人们不知道这异象,只有石匠自己知道,但他觉得这是个秘密,从来不向任何人透露。每一次,他都悄悄地来,忙乎到天快亮了,把錾好的东西塞在碎断了的关帝肚腹中,出了庙门,拍掉一身石粉,又悄悄潜入村里。过年了,家家户户都要大摆宴席,石匠把自己錾好的东西从庙里背回家,给全家人做了一桌别开生面的除夕盛宴。屋子外下着雪,响着零零星星的鞭炮声,石匠对家人说:"我们都吃吧,尽情地吃!"于是,一家人纷纷用筷子把一桌子的石猪、石羊、石鸡、石鱼、石鸭、石兔、石虎、石象、石龙夹到碗中,低下头,用舌头舔食上面的一点点香汁和米粒。一个个石头被舔得在暗光下发出迷人的色泽,屋子里全是咂嘴和吸气的声音。石匠开心地望着大家,希望石头里真能蹦出一只只动物和一颗颗五谷来。整整一个晚上,全家人就这么不停地舔石头,石匠的父母年纪大了,口舌不灵,双唇还被石头碰出了血。天亮了,雪停了,太阳升起来,照耀着洁白无瑕的世界,他们终于舔累了,各自睡去。只有石匠不想睡,他把双手背在身后,在村庄里转了一圈,看见了铁匠家的铁猪、铁羊和铁鱼,也看见了木匠家的木鸡、木牛、木马,还看见巫师用红纸剪出来,抛撒在雪地上的红人和红心。最让人惊奇的,在结了冰的河面上,石匠看见,几个失去了寺庙的和尚,穿着单衣,正在打坐。他们的面前,有序地放着用冰块雕刻而成的鸡、鱼、馒头、经书和木鱼。

空信封

五十多年前的一天中午,当雷永前路过土城镇上的炼铁炉时,他看见正在炼铁的王小鹏向他招了招手,便走了过去。炼铁炉的旁边,堆满了从各个村寨搜索来的各种废铁、农具和刀斧,炉膛里铁水沸腾,红色的光刺得他睁不开眼睛。他以为王小鹏干活累了,想与他聊聊天,想不到的是,他刚闻到王小鹏身上散发出来的浓烈的汗臭味,王小鹏扔给他一个皱巴巴的牛皮信封之后,就一头扎进了炼铁炉。一个活生生的壮汉扎进炼铁炉,雷永前除了看见一阵青烟腾起而外,瞬息之后,看到的仍然是红彤彤的翻腾不息的铁水,里面根本没有半个人影。

那是春天,土城镇四周的丘陵上桃花开得正旺。一波接一波的丘陵高举着一棵棵桃树,就像大街上的人潮挥舞着鲜艳的红旗。王小鹏的父母那时候刚到中年,他们披着一身的桃花瓣,抬着铁厂抛弃的一块铁锭,气喘吁吁地行走在桃树林中。没有人告诉他们,他们的儿子就在这块不合格的铁锭里,但王小鹏的母亲觉得,这块黑黝黝的铁锭就是从自己身体上掉下来的。在丘陵的尽头,他们挖了一个大坑,摘来一筐又一筐的桃花,倒入坑中,直到坑被填满了,才把铁锭放入坑里。铁锭到了桃花堆上,一眨眼,就不见了,落到了桃花里面,被桃花埋没了。他们给铁锭和桃花修了一座石头坟,外形模仿的是炼铁炉,但他们没有写墓志,也没有找隐姓埋名的道士来为亡魂引渡。

雷永前老了,还住在土城镇上,很少出门,但偶尔会出现在雷氏家族婚嫁或丧葬的聚会上。当年,镇上的人来找他调查王小鹏的死因,他交出了王小鹏扔给他的牛皮信封,谁都不相信,那会是一个空信封。就在去年,他坐在棺材边为他的一个弟弟守灵,儿孙们问他:"那信封里真的什么也没有?"他仍然淡淡地说:"空的,真的是空的。"今年春天,桃花正红,他死之前,还说:"空的,真的是空的。"

在巧家县的天空下

在巧家县的大山深处,一所乡村中学里,有一个语文教师,每天都在给未来写信。具体一点说,他写的信,都是寄给开在未来时空里一个名叫"狮子吼"的书店,求购那儿出售的书籍。他已经厌倦了身边的贫困、孤单和群山,对号称面向未来的教育也失去了耐心,只想一步到位,直接生活在未来。

"狮子吼"书店非常重视一封封来自过去的求购信。销售人员把地图打开,地图上已经找不到这个叫"巧家"的地方,写信人详细地描述的"巧家",是造物主重造世界之后的一座人间地狱,没有名字,也没有在那儿开设邮电所。但为了不让写信人失望,同时为了捍卫书店对过去负责的宗旨,他们还是源源不断地把新上架的书籍,无偿地寄回了"巧家"。之所以未来之书是无偿寄回,是因为中学教师汇去的人民币,在他们那儿已经是冥币,不能流通了,只能烧了,让中学教师自己到可以沟通过去与未来的火焰中去领取。

有一条神秘的邮路,是未来的人们也没有发现的。他们寄出的书籍,巧家群山里的这位中学语文教师竟然全部收到了。书籍上的文字，没有像世界主义者想象的那样变成了英语，仍然是汉字，而且是繁体字。一些我们认为是生僻的、死去的、落后于时代的字，重新大行其道，一些我们天天使用的字，却很少采用了。困扰我们多年的文风问题也得了完美的解决，空话、套话和假话没有了，从上到下统一的腔调、语言暴力和具有排他性的美学，也得到了有效的修正。中学教师浸淫在这样的文字中间，既快乐又绝望，感觉自己是一个被撕成了两半的人。他把书上的知识搬到课堂上去讲授，得到的是其他教师和全体学生的嘲笑，都说他大脑出了毛病，精神分裂了。比如他讲授的中国未来的行政区划，把成吉思汗大军到过的地方都收纳了进来，还把印度洋当成了国家的内陆湖。这还不是人们嘲笑他的重要依据，大家觉得他从未来平移到今天的许多日常生活现状才是足以让人笑死的。比如，人们可以像白云一样在天空里自由地散步，人的灵魂已经现身并可以表达自己独立的意志，地球与火星之间的栈桥上人来人往，等等。他照搬过来的《日常生活指南》《狮子吼书店里的幽灵》《与一个巧家教师的通信录》等书的情节，被人们编成荒唐的段子，在微信里满世界转发。

让这个中学教师无比沮丧的是，在他收到的书籍中，也有一部分出自现在一些不为人知的作者所写，但这些人没有出现在电视、广播、纸媒和网络中。谁都想象不到，在未来的经典作家中，会出现张无常、刘录恩、朱温庆和曹梦楼这样的人物。他们是谁，藏在哪一个省，收到过什么杂志的退稿信，人们一无所知。中学教师借暑假和寒假的时间，走遍了三山五岳、大江南北，没有找到关于这些作家的任何蛛丝马迹。当然，他也收到了一部分出自当下著名作家的作品，让他非常吃惊，这些作品仿佛出自别人之手，现在的版本与未来的版本摆在一块儿比较，很多章节删除了，现在没有的章节又补了进去。立意、趣味和审美出现了天壤之别。典型的例子是，贾平凹的《废都》，那些方格，"此处删去995字"之类，被删去的字全部补上了。一个个会做爱的汉字，比狮子还孔武百倍。对这个中学教师来说，最重要的发现，乃是这两个版本的删除与补充所选择的美学与道德标准是如此的不同，他明白了，很多现在呼风唤雨的"大人物"，其实和他一样，都是偷生于人世。

巧家县大山里的这位中学语文教师，受了可以与未来通信这一方式的启发。后来，他也尝试着给孔丘、老聃、屈原、王羲之、王维、李白、杜甫、苏轼、范宽、朱耷、王阳明、傅山和鲁迅等人写信，他以为在他的世界中过去的人物也会给他回信，把许多失传的锦绣文章寄给他。但他寄出的信，就像寄给了释迦牟尼和耶稣，诸位众神没有理他，谁都不想以文字的方式跑到现在来生活。失望之余，他辞掉了教师的工作，从巧家县跑到昆明去当了一张小报的记者，然后又通过公开招考，进了保密局，做了一个紧锁牙关的人。再后来，不敢触及浮世，他悄悄写了一部《神史》,神为了召见他,让他患上了肺癌,死在云南省第一人民医院雪白的床单上。

鹦鹉

在乌蒙山通向横断山的一个岔路口，有一座石头房子，里面住着一个养鹦鹉的男人。他除了养鹦鹉，魔鬼还交给他一个任务：凡是经过这个岔路口的女人，他都得强奸她们，然后再把她们杀死。每强奸一个女人，鹦鹉的任务则是诅咒他："你不得好死！"魔鬼的意图很明白，让这些女人在人间怀上身孕，然后把孩子生在冥界，进一步减小魔鬼与人类严重失衡的比例。这个男人后来被拘捕了，审判他的那天，无处可去的鹦鹉一直在对着法庭的大门叫喊："你不得好死！"但他在接受法官关于他奸杀女人的动机的提问时，除了陈述自己所负担的魔鬼交付的使命，他还说："2014年6月9日11点半，乌蒙山中，贵州毕节市七星关区田坎乡那四个喝农药自杀的留守儿童，我认为，他们是在地狱里怀孕，却又降生在人间的孩子，你该审判谁？判谁的死刑？"他的回答，让庄严的法官一下子就慌了神，不知该怎么应对。门外的鹦鹉，则仍然在叫着："你不得好死！"法官不关心鹦鹉在诅咒谁，他心里暗忖，这个杀人狂魔，他虽然用魔鬼的口吻在说话，但他似乎说出了事件的真相和法律的困惑。

烟云

抱着石头，我登上了山冈，把石头放在了山冈上。它的旁边站着一棵松树。松树有着在逆境和孤冷中生长的异禀，也在心里装着火焰与灰烬。石头受雇于时间之外的法术和技艺，早已挣脱了菩萨为其量身定做的所有虚无角色，更喜欢站在广场上或坟地中。它们很多年没碰面了，都以为对方迷失在了裹挟它们的风暴里，或焚毁于闪电与时间，或飞离了地面。

消亡学以前是一门比较冷僻的学科，现在的山水课上，它变成了最接近天国的公共知识。看着一群彩色的鸟儿，从天空奋力撞向悬崖，石头拿出了随身携带的凿子、铁锤、打火机和炸药，在松树面前，表演自己被錾成纪念碑和被爆破为尘土的工艺流程。在太初时代，人、鬼、神共同赋予它的那些不朽的元素，比如坚硬、麻木和冷漠，与铁锤和炸药放在一块儿，就像羊羔和老虎，携手出现在国王的冷餐会上。松树身上，则没有藏着古老而又花样百出的利器，它从粗糙的皮肤下，抽出自己的一截肢体，翻动起年轮之书，告诉石头：斧头一直是隐形的，那些公开的暴政无非是狮子统治了丛林，一台晚会上只有不同相貌的狮子，发出令万物瑟瑟发抖的吼叫,而万物可以做自己内心的隐居者,甚至可以遁土,在地窖和防空洞里生活。然后,这棵松树在石头的注视下,变魔术一样,一会儿把自己变成大床、供桌和灵牌,一会儿又把自己变成刀柄、惊堂木和哨棒,还把自己变成了棺材、木偶、审讯室里撬开牙关或击打肋骨的木棍,以及木虎、木象、木鬼、木菩萨、木枪和木阳具。当松树恢复原形之后,石头还沉浸在这出自我预设的死亡戏剧中。之后,松树又开始不停地折断肢体上的枝条,发出一阵阵骨折的响声。

我是这个哑剧的冷眼旁观者。翻过山冈,手上握住的几块碎石和几根松树枝,被我扔在了山下的水库里。碎石沉到了水底,松树枝漂浮在绵绵不绝的涟漪之间。

论个人主义

两个都想剁了对方的人,养育了几十代浩浩荡荡的儿孙,鼓励儿孙们必须剁了对方的儿孙。我住在两个家族之间的一片树林中。树木的品种主要是榉、桤、松、桐,里面也没有什么奇怪和名贵的鸟类,都是麻雀、斑鸠和喜鹊。以前有一条大江从我门前流过,后来改道了,不知道从哪一个县流向了太平洋。人们以为,这儿一定有裂谷和悬崖,我要告诉大家的是,这儿没有,裂谷和悬崖都装在路过这儿的人身上,他们消失了,如果他们拒绝重返人世,这儿就不会有裂谷和悬崖。即使重新出现,也会装在后来又出没于这一区域的人身上。孔丘、老子和庄子等人的书,也像莎士比亚、托尔斯泰和博尔赫斯的书那样,都被我烧成灰,拌在大米中,熬成粥,放在林间空地,喂食偶尔出现的野猪和羊群。我不弹琴、不吹箫、不写诗、不练剑术,我只喝酒和遁土。喝酒让我变成一个自我迷失的人,遁土让所有人都找不到我。那两个发誓要剁了对方的伙计,在我的野猪肉或羊肉飘香的晚上,会来树林里找我喝上几杯。他们相谈甚欢,称兄道弟,多次托我带信给他们的子孙,我都把信烧在了他们高耸的坟头,从另一个世界还给他们。这样的次数一多,我也就明白了,那些正在发生的集体主义仇杀,多半是缘起于两个酒鬼在酒后突然生出的杀心和胡言乱语,他们来找我,其实是放不下浮世上的这杯浊醪。后来,他们再把信件摆到我的手心,第二天早上,我就将它煮在一锅羊杂碎里,喂食树林中那只个人主义的老鹰,也喂食饿昏了头的渡鸦。

作为人质的国王

大理国的皇帝,退位之后都去当了和尚。乌蒙山中的几个蕞尔小国的国王,听到这个传说后,纷纷用木箱子装了账单、军械库的钥匙和毒药,骑上乌蒙小马,跑到南京去当人质。半路上,听说明朝迁都了,又跑到了北京去。在他们去国怀乡的人质生涯中,明朝皇帝把他们赐给了年老色衰的嫔妃,还让他们倒退着奔跑,表演儿童弑父的游戏。他们用彝文和苗文向皇上反映乌蒙山的天灾人祸,痛陈后娘养的附属国的慌乱与尴尬。皇上如看天书,感觉受到了羞辱,但没有发作,一脸笑容地望着他们,音调冷冷的,要他们当众翻译成汉语。他们哀求皇上,要么杀了他们,要么给他们不讲汉语的权利。皇上也烦透了乌蒙山没完没了的坏消息,心上早就放弃了这个鬼地方,握紧的拳头却没有松开五个指头。没有抛弃手心里死去多少年的只会报丧的乌鸦。乌鸦飞行的自由也因此被视为交流中需要撇开的内容。几个国王没有死在皇上的圣旨中,他们最终死在了来自乌蒙山的刺客手上,面对一个个蒙面人,他们主动递上了头颅,没有任何反抗。他们知道,新一轮的革命,已经发展到了杀死国王的转折点,一切都不可逆转了,又有人爱上了一再重复的创世记。

坛子

一支大军，胯下夹着革囊，牵着马渡过金沙江，冲进了一条山谷。山谷装不下这么多刀剑、战马和杀红了眼的战士，有人建议，把山谷两边的山峦全部移开，让杀机四伏的崇山峻岭变为一马平川的沙场。国王嗜血如命，有杀人癖，喜欢一次又一次反复地血洗疆土。他采纳了这个人的建议，还补充了一条：移山过程中，用一条人命领取的奖赏，与用一条虫命领取的奖赏是一样的。

山谷里的人看见大军，带足了清水和干粮，全部躲进了特制的大坛子。在他们的传说和史诗中，始祖在滔天洪水中得以逃生，就是躲进了天神特赐的葫芦，他们相信，坛子也能让他们躲开这一场人世间血腥的杀戮。事实也很快证明他们的选择同样有着天神的旨意，国王说，人命所得的奖赏与虫命一样，那些士兵们猛扑过来，见坛子里都装满人头，嫌杀人太费力，纷纷去捕杀坛子旁边的昆虫、鸡鸭和麻木不仁的羊羔。国王的本意是斩草除根，永绝后患，让山谷变成没有生命的息壤，没想到字句中错留在刀尖上的那个空间，最终保全了山谷里一部分人的性命。

之后，山谷里的人，凡是遇上战乱和天灾，都不外逃，也不反抗，一弯腰，头颅引领着身子，一下就钻到坛子中去了。张献忠的队伍和李定国的大西军从山谷里经过，用牛皮封住了坛子，或朝坛子里投放毒药与辣椒粉，也有一些士兵把坛子抬到悬崖上，然后抛向空中，看谁在抛出坛子时的抛物线最美。坛子里的人，大多数死了，少数幸存者从坛子里爬出来，在稻草广场上举着坛子载歌载舞，欢庆灭顶之灾后始祖般的逃生，把坛子当成了山谷里不朽的图腾。佛教徒和基督教的传教士也曾经来到山谷里，他们坐在坛子中间诵经布道，描绘生命中远比坛子辽阔的灿烂天空，坛子里有过躁动，也有个别人从坛子里出来，跟着和尚或传教士离开了山谷，但绝大多数经历了刀枪和毒药的坛子岿然不动，拒绝了声音和语言的诱惑。平息"三藩之乱"时，这些坛子被运送到金沙江边，用作练习射杀的靶子。坛子破碎了，有一部分人负箭跳入金沙江，去了彼岸和下游，很多年后才又重返山谷。军阀混战的那些年，一彪彪人马来到山谷中，铁枪生锈了，就把坛子抬到烈火上，熬制一坛坛枪油。

有些年，山野上百花盛开，天空里阳光明亮，一只只飞鸟在山谷里四处传送着改天换地的喜讯。山谷里的人仍然把坛子当成图腾，但也接受了坛子是时间和生命的罪证的说法，把坛子抬到大街上去游行、展示、批斗。人们觉得坛子无用了，提着铁锤要砸碎坛子的时候，山谷里的人却不再妥协，纷纷钻进了坛子，决心与坛子共同接受击打和破碎的古老结局。最终，在这场坛子外的人与坛子里的人的对峙中，坛子里的人被人们从坛子里捞出来，装进一个个铁坛子，撒进一些生石灰粉，滚动着，在街道和乡村里游行，进行大肆的批斗和嘲笑。生石灰粉遇上他们浑身的大汗和血液后立即发酵，令他们的皮肤灼痛、腐烂，又不至于很快死去。他们选择了认输，答应人们，自己亲自把所有的坛子毁掉。为了惩罚他们与世界作对的行为，人们用卡车把装着他们的铁坛子，运到了几百公里外的一个地方，抛至荒原。

山谷里的人，从铁坛子里爬出来的时候，一轮月亮清冷地孤悬在天上，几朵晚上的云，铁灰色，飘在月亮的左右，田野虫声唧唧，磷火和萤火虫似乎在搞大集会。不知道从哪个方向回家，心想，回到山谷后就得亲手把坛子毁了，他们便打消了重返山谷的念头，重新爬进铁坛子，忍着剧痛，昏昏沉沉地睡了过去。

血案

和尚从寺庙中走出来的时候,交代随行的弟子:"这场法事,死者是个杀人犯,你们的心里不能有任何的杂念。"弟子共五人,一个兔唇,一个瘸子,一个盲人,一个哑巴,一个驼背,和尚自己是个侏儒。他们坐上一辆奔驰公务车,很快就来到了一座矿山上。杀人犯和被杀的人都是矿工,杀人犯杀人之后又自杀了,两具尸体摆在一块儿。准确地说,两具尸体还躺在工棚内的血泊里,苍蝇乱飞,空气里全是血腥味。矿主不想报案,他准备让和尚替死者超度之后,给死者的家属一笔钱,迅速了结这场血案。和尚带着弟子们来到矿主面前,矿主皱了皱眉头,如果没穿袈裟,他会觉得这六个人来自阴间,更像六个催命鬼。和尚一揖,想说点什么,矿主摆了摆手,让他们马上就做法事。和尚领着弟子围着血泊诵经时,矿主坐在工棚外的竹椅上抽烟,心里突然想做一场恶作剧。还有很多程序没有走完,矿主便叫人搬来一堆木柴,放在工棚的墙角,倒上汽油就点燃了。和尚领着弟子们从工棚里窜出来,想发作,见矿主的背后站着几个凶神恶煞的人,便忍住了,伸手接过矿主递过来的钱,不坐车,步行着离去。矿主背后站着的几个人都以为和尚会去报案,和尚没有去。矿主也以为和尚会去报案,甚至他还觉得他手下的人,说不定谁会悄悄地去报案,结果没有任何人去报案。让矿主有些内心不安的是,这两个死者,矿业公司的人事档案里,没有他们的名字,更没有他们的照片和籍贯,谁也说不清他们是怎么来这儿挖煤的,又因为什么酿出了这桩血案。仿佛他们是两个仇人,约到这儿,钻进矿山的工棚,有什么事了断不了,其中一个便拿出了刀子。

嚎叫

一

太阳有着灿烂的家世。这是常识。

父亲头也没抬,问:"云朵黑了?"

乌蒙山里的云朵,在天上怎么飘、聚散、消失,人们并不在意,也很少有人抬头去看。阳光刺目。即使阳光照射在白岩石上,又反射回来,也还像刀光,还伤人。父亲不是从手中的镰刀片上看见云朵变黑的,他是觉得背心突然一凉。这一凉,像骨髓结了冰似的。天象之于骨肉,敏感的人,能从月色中嗅到杀气,从细小的星光里看出大面积的饥荒。父亲气象小,心思都在自己和家人的身上,察觉不到云朵变黑的天机,他只是奇怪,天象与其内心的恐惧纠缠在了一起,撕扯着他,令他的悲伤多出了很多。

父亲问的是母亲,母亲继续在翻找过了很多遍的泥土中,翻找着遗漏的土豆,没有接过话来。那时候,我还是一个对什么事情都无所畏惧的少年,正坐在一茬野草中仰望天空。

我回答父亲:"黑了。"

天上的云的确黑了。之前,这片云朵是白的,有阳光照着,它还白得层次分明,不翻卷,不动,静静地悬浮在乌蒙山之上。父亲从地上看到黑色的阴影那一会儿,乌蒙山的后面突然涌出了大堆大堆的黑云朵,遮住了太阳。那片白色的云朵,也就分解了,不在了。

父亲提着闪光的镰刀,疯了似的往家里跑。开始的时候我有些诧异,看着他越来越小的背影,我问母亲:"他跑回家去干什么?"

母亲很冷静地回答:"你的爷爷快断气了!"

母亲和我没有跑。我们背着一无所获的竹篓筐,走得不疾不慢。在起起伏伏的石头路上,我能听见母亲肚子里传出来的叽叽咕咕的声响。我的肚子里也在发出相同的声响,母亲装作没有听见。在路过一条溪水时,母亲弯下腰,把手洗干净了,一捧接一捧地喝水。她喝饱了,才说:"你也喝吧,多喝一点。"

至今我都没有想明白,父亲和母亲是怎么预感到爷爷要死了,仅仅因为天上的云朵变黑了?或者因为饥饿,他们知道爷爷承受饥饿的能力在那一天已经耗尽?当我们回到家时,爷爷已经躺在一扇卸下来的门板上。父亲坐在爷爷的尸体旁边抽闷烟,见了我们,没叫我跪下,也没有马上跟母亲商议葬礼的事如何操办,就阴沉着那张烟雾中时隐时现的脸。我站在离爷爷一米左右的地方看爷爷,他的脸上没有肉,头发全白了,而且杂乱、肮脏,死相有说不出来的狰狞。

雨是那个时候开始下起来的,闪电和雷声则把末日的气氛渲染得淋漓尽致。

二

家里只有两张床,到我四岁的时候,母亲就把我从他们的床上抱到了爷爷的床上。爷爷的身体从来都是冷的,冬天的夜里,我在睡梦中抱着爷爷取暖,爷爷没给过一丝一毫的热量,相反我总是在抱着他时被冷醒过来。我们的床就在窗洞旁边,每次醒来,我都看见窗外白茫茫的雪,或者白茫茫的月光。

爷爷问:"醒啦?"

我说:"醒了。"

爷爷撑起身子,从枕头底下掏出几颗烤熟的玉米粒,让我吃,我就在午夜的被褥中,一边冷得发抖,一边嘣嘣喳喳地嚼食玉米粒。爷爷开玩笑地说:"这声音,像坟里面的老鼠咬棺材钉。"

三

爷爷死去的那天,一位伟人也逝世了。

村子里用松枝扎起了悼念的牌坊,将粮种仓库设为灵堂。每一天,父亲和母亲都得去伟人的灵堂守灵,参加悼念活动。只有在那边没有什么大事时,征得生产队长的同意,才回来给爷爷烧些纸钱。爷爷去世,没举行葬礼,几个亲戚把爷爷抬到山梁上,就悄悄地埋了。父亲当然想给爷爷一个葬礼,生产队长是个好人,他问父亲:"你葬父是事实,但谁会相信这样一个葬礼,你是在埋葬你的父亲?"

队长还说:"全国人民都在痛哭时,你埋葬自己的父亲,会不会有人怀疑你在有意抬高你父亲的身份?"父亲差一点被吓死,跪在爷爷的灵前,一个劲地嚎叫,叫了半个晚上。其实,村子里所有的人都听见了父亲的嚎叫,有些令母亲倍感意外,这事却没人去告密。

村子里开伟人追悼会的那天,我去了。我像全村的人一样,哭得很伤心,流出来的泪水,打湿了脖子上的红领巾。送爷爷上山的那个夜晚,棺木下降,土堆升起,父亲和母亲的心里,其实很希望我能跪在坟堆前,痛快地哭一场,我却哭不出来,反而被山梁上风吹玉米林发出的排山倒海的声音,吓得魂不附体。感觉四周的风里、黑暗里,都藏着爷爷和其他更令人害怕的鬼魂。

四

1996年清明节前的一个晚上,我梦见过一次我的爷爷。他面容模糊地站在我的床前,说他很久没见到太阳了,很冷,衣服和被褥都烂了,没有钱购买新的。次日,我骑车跑到昆明郊外的一个小镇上,买回来几沓纸钱,半夜的时候,偷偷摸摸地点燃在了单位办公楼下的一个转角处。转身离开纸堆时,遇到了单位那个姓林的老保安,我低头疾走,没跟他打招呼,想必他后来也看到了那堆还在燃烧的纸钱。

泥丸

浪漫主义盛行的时候，我跟着村子里一些衣衫褴褛的人，热气腾腾地推崇"五岭逶迤腾细浪，乌蒙磅礴走泥丸"这样的诗句，用其御寒充饥。奶奶去世时，我刚刚学会写毛笔字，之后，每当春节到了，父亲买回两张绿纸，要我写贴在门框上的祭联，这诗句也总是首选。其次才是"为有牺牲多壮志，敢教日月换新天"，或"听毛主席话，跟共产党走"。父亲不识字，但我写字的时候，他喜欢站在旁边盯着。他一盯，我就很郑重，一点也不敢敷衍乱来。首先，要把脏兮兮的饭桌端到堂屋中心，摇一摇，看是否哪一只脚悬空了，若悬空，就得找木块和瓦片垫实了。然后才把绿纸裁好，把臭烘烘的向阳墨汁倒上，眼瞅着绿纸谋篇布局，同时，右手把毛笔放在唇间用口水润着。当什么都准备停当，还要将目光投向门洞外灰茫茫的天空，若有所思一会儿，之后才将一双赤脚死死地蹬着地，呈马步状，继而吐纳、闭息，笔蘸饱墨，以千钧之势挥洒一支秃笔。写的过程中，穿堂风冷得要命，两溪鼻涕在唇鼻间挂着，但还是觉得自己心血翻滚，仿佛快要冲垮身体的堤岸了，小小的心灵则一飞冲天，去了九重霄，俯瞰世界如看一座村边的沙丘。写完了,放下笔,偏着头问父亲:"怎么样?"父亲倒是没被那阵势吓着,只是觉得这种小身体里安装大马达的做法,令他有些不安、反胃。笑着说:"他妈的,你太像小公狗日老母牛了,怎么整得这么费力!"说完,弄些面糊,左联右联不分,啪啪啪就贴到门框上去了。

地处乌蒙山腹地的昭通盛产褐煤。平展展的昭通坝子、村庄、良田和墓地,不管哪儿,只要把土盖子揭开,乌黑油亮的褐煤就会迅速露出,像露出黑夜的一角。但由于这埋在地下的深不可测的黑夜,除了可做燃料外,还能用来提炼汽油、煤油和焦油等,它的开采权便没有掌握在普通人手里,谁都不能乱动。我的记忆中,国家只在少数几个地点,以"国营"的方式开办了褐煤厂,挖出少量的煤,供老百姓煮饭和取暖。我的父亲是欧家营专职赶牛车的人之一,秋天一来,为了抵御即将到来的寒冬,家家户户都会忙着囤积褐煤,整整一个秋天,他的任务就是帮人们到煤厂去拉煤。拉煤回来,大如磐石的那些,人们堆放在灶顶的楼上,烘干了主要用于煮饭;细碎的部分,加入观音土,浇水拌匀,或牛踩或人踩,弄出黏性,用手拍成小南瓜一般大小的圆球,阳光下晒干,人们称之为"煤炭粑粑",用于火塘取暖。我跟着父亲去过几次一个名叫"红泥闸"的露天褐煤厂,那场景,今天想起,内心仍会突然出现一个巨型黑坑,用什么东西都难以填平。这个褐煤厂就开在田野上面,坐着牛车向它走去,刚才四周还是一望无边的稻田和玉米林，隔着一百米，眼前一黑，平坦的地面便硬生生地被抽走了一大块，下陷了，空掉了，而且这空掉的部分，没有露出常识性的红土、白石头和水，只有冷飕飕的黑颜色，阳光射进去，感觉就是什么人站在一朵乌云上，往夜幕里抛绣花针，很快就被没收了，一点反光都没有。到了黑坑边上，往下一望，嚯，我之前对土地的认识立马就被颠覆了，土地的肉里，没有半丝血色，更没有血管，壁立千仞的截面上，唯一能看清楚的是一幅"抓革命，促生产"的标语，除此之外，全部都是黑的，从立面到坑底，黑得触目惊心，黑得光明正大，黑得令人抓狂，让人无法将它也视为土地的一部分。我当时知道的土地，是母亲，是肥沃，是金色的，象征着丰收和富裕，有母性，也有神性。眼底下这土地，只有上面那薄薄的一层，那土地的皮，有土地的样子，疏松、柔软、升腾着白色的地气，之下，下面的下面，土地的常态就荡然无存了。坐在父亲的牛车上，沿着一条坑底升上来的坑坑洼洼的黑色道路向下蜿蜒行进，父亲坐在车辕上，嘴巴上叼着铜烟锅，像睡着了似的麻木。我蜷缩在车床上的一捆稻草中，则犹如深陷于不停地往下落的一个噩梦，双手死死地抓住车挡，但四周猛扑过来的黑暗，依然随时可能像风暴一样将我掠走，把我撕碎。有一阵子，果然有从地底吹来的凉风，湿漉漉的，却又带着锋刃，将车上的稻草掀到了空中，父亲侧脸看我一眼，含着烟锅的嘴嘟噜了一声："妈的，这是什么妖风！"跳下车，想去追稻草，没有稻草，牛就没干粮了。可妖风想拿走的东西，人是很难再收回来的，只见那风抱着稻草，先是往空中跑，随后，一个急停，猛然地就往深渊里扎下去，不见了。父亲跺着脚，乱骂了一阵风，掉过身来，又坐到了车辕上，对我说："幸好没把你吹走，他妈的，这妖风。"我惊魂未定，移到父亲身后，把背紧紧地贴着父亲的背。父亲似乎意识到了我的恐惧，反手摸了摸我的头，挺起腰杆，让我依靠，接着又把一个从家中带来的冷洋芋塞到我的手中。也正是有了这依靠，我似乎从噩梦里脱出了身子，终于敢把眼睛大胆地睁开，环顾左右。于是，我看见这条向下的道路上，其实不仅仅只有我们这辆牛车，牛车一辆接着一辆，混杂其间的还有手扶拖拉机、东方红牌拖拉机和解放牌大卡车，唧唧复唧唧，轰轰隆隆，道路上黑雾腾腾，把坑顶上的天空和阳光都遮没了。牛一多，而且都是些大水牛，一边拉车，一边噼噼啪啪地拉出大堆大堆的屎，污浊的空气中倒因此多出了一丝丝草香，但它们只能算是鬼门关外残存的人间气息了。牛车还没有触底，我发现所有赶车的人包括我的父亲，个个的头发上、脸上和衣襟上，全都是黑乎乎的了，只剩下一双眼睛里的眼白还是白的。至于那些白水牛、红水牛，尽管骨锋狰狞，一样的黑了，保持原色的只剩下甩来甩去的大耳朵、尾巴和不停迈动的四条腿。我看不见自己的脸，但知道它也被活埋了，用黑手去找，一双手因此更黑，甚至惊恐地发现，这些人畜身上厚厚的黑灰，正与道路两旁高耸着的褐煤层结成一体，让人觉得自己正在煤层里穿行，有了破壁遁地之功，但又不知道这黑暗的尽头到底在哪里。都快绝望了，父亲的牛车终于停在坑底的一块看不见边的平地上，父亲往车上装煤，我站在一边啃洋芋，冷洋芋太硬了，一嚼，就有一阵煤灰窜进口中。也许是父亲看见了我满脸的黑渣，大吼了一声："你在这儿吃个鸡巴，样子像阴曹地府里的饿死鬼！"我只好停下，抬头四望，处处都黑压压的，还真像在阴曹地府里。

几次下褐煤厂的坑底，我都没有体验过从坑底又爬回地面的那种喜悦。父亲说，每一次，当他装完煤，把我往煤堆里一放，我都睡着了，车上像多拉了一块煤。事实上，昭通的褐煤层里，也的确有很多动物跑了进去，我进去了有我的父亲将我拉回，它们进去了就再也没有回来。这些没有重返人间的动物，有剑齿象、三趾马、犀牛和鹿，它们的骨头，有的呈奔跑状、安眠状和啃草饮水状，更多的是亡命状、跪地乞求状和绝命挣扎状。也有少量的白骨，躺在褐煤层里，只有白骨还白，白骨抵着的任何地方都是黑的，但它们仍然还在交配、亢奋、癫狂，几百万年了，一点儿停下来的意思都没有。有历史记载以来，昭通人都把这些白骨统称为龙骨，从声名远扬的老中医到普通老百姓，都用它们医治形形色色的病症。我的一位远房叔叔，有一天晚上路过一片坟地，月光很亮，四野都是蟋蟀的叫声，这个以玩蟋蟀闻名的大玩家，突然来了兴致，把肩上的担子一扔，在坟地上就捉起蟋蟀来了。

照这位叔叔的说法,坟地里的蟋蟀,天天吃人骨,牙口最硬,更重要的是,这种地方的蟋蟀,不鸣则已,一鸣便有鬼哭狼嚎之势,其他蟋蟀闻之,无不五内俱焚、魂飞魄散。谁也不曾料到,那天晚上,叔叔闻声找寻了两个时辰,蟋蟀之鸣,忽东、忽西、忽南、忽北。他闻之在南的,循声而去,忽然又飘至北方;他闻之在西的,待他蹑手蹑脚过去,忽然又鸣响于东,弄得浑身是汗,终无所获。可就在他决定抽身离开的时候,脚边的一座坟头上,一只蟋蟀鸣叫得斩钉截铁,声音悲怆却充满了统治力,令其他蟋蟀顿时噤声。他一阵狂喜,缩身蹲下,用手轻轻地扒开荒草,决心一定要将这只蟋蟀找出来。可当他把荒草扒开,就看见了坟上的一个黑洞,而且黑洞里有一双绿色的眼珠子正在盯着他……从此,叔叔的神丢了,整天都在欧家营周围的山野上狂奔。累了、饿了和渴了,窜进村子,睡觉喜欢睡在人来人往的大路上,喝水喜欢端起一锅滚沸的开水就往嘴里灌,吃饭喜欢从别人的手上抢。他的家人只好用绳子把他绑了,关在家里,同时,托人到处去找龙骨。普通的龙骨到处都是,问题是,能给叔叔安神的龙骨,必须是孔武百倍、柱子一样的象腿骨。费尽周折不少,但还是在太平乡的一座砖厂里找到了,研粉半碗,用酒送服,在地上作困兽之搏的叔叔,突然额上冒出一汪黑汗,白眼一眨,倒头睡去。次日醒来,只说做了一个梦,被一头绿眼黑狗狂追了一夜。传说旧圃镇上还有一个土医生,专治不育症,药到胎动,积善广远。而他秘不示人的神药，其实也是龙骨，无非他的龙骨天下难求罢了。知情人说，这位医生的父亲曾长时期分管昭通的几座褐煤厂，凡是挖出的龙骨都得经其过目，一般情况，这人从不下手，但就有那么几次，这人下手了。他拿走的是几具完整的动物怀胎化石，或象，或犀，或鹿，化石腹内的那些化石，命还在，神力无边。

著名自然科学家、美国宾夕法尼亚大学教授江安娜，曾万里迢迢地跑到昭通。望着深不可测的褐煤层和褐煤层里的累累白骨，老太太没觉得一个封存了的黑暗帝国重现了，而是像进了天堂一样手舞足蹈。黑色的煤，在她眼里，纯粹就是一个气候温暖、空气湿润、森林广袤的自由世界。形态各异、种类繁多的白骨，不仅是恐龙之类的旧动物灭绝、大象和鹿之类新动物崛起的象征，而且全都是自由元素。天哪，这个老太太抓起一块块褐煤，就像抓起一片片黑面包，见到一具具成形的骨架，她就想骑上去。她眼冒金光，逢人就逼问："告诉我，世界上哪儿还有类似的乐土，各种生物仍然以生态链的方式完美地轮回？"她怀持的是几百万年前的幻影，今天，站在我的角度，我把她视为灵长类化石，并同样活在褐煤层里。江安娜到昭通来的时候，我的父亲曾用牛车拉了满满一车人去看"鬼不像鬼、人不像人"的"洋老咪"。那可是昭通野史上的一件大事情，不仅我父亲拉去了一车人，还有数不清的人，或被牛车拉去，或骑自行车去，或走路去，挤满了太平乡那个褐煤厂巨大的黑坑。我也到了这个万人坑，死死地抓住父亲的后衣襟，半步半步地往坑底挪移，老是担心自己会被弄丢了，如果要是被黑色人浪掀翻在地，则更是可能会被人们踩成肉泥。但是，当我们走到半途，人流就停止移动了，我的四周都是高耸耸的大人，他们的汗臭、狐臭、屁臭，满当当地包围了我。因为看不见江安娜，又得受活罪，前进不是，后退不是，有人开始吐粗骂娘，或急吼吼地跺脚。也有人心怀鬼胎，像在露天电影场上的那样，借机人挤人，好在大姑娘小媳妇的身子上擦几个来回，于是，就有女人的尖叫或咒骂声响起。假如有个别年轻人不死心，还一味地从人缝里朝前挤，想去看江安娜，被挤的人就骂："挤个×，就这么想挤着去阎王殿？"总之，那天我像百分之九十的人一样没有看见江安娜。这个外国女人的样子，人们以讹传讹，说她身高三丈，一双眼睛像灯笼，一对乳房像反扣在胸前的铁锅。离奇的是，人们还说，这个江安娜把挖煤工人挖出来的一个平台当成了舞台，先是抱着一块褐煤，闭着眼睛，动情地唱一首谁都听不懂的歌，之后，又抱着一根长长的骨头化石，披头散发，疯天磕地地跳舞，样子像巫婆跳大神。让这个外国女人后来为之唏嘘的是，当时她不知道黑洞洞的煤坑里站满了人，她的眼前只是一片黑茫茫，她钻进了煤层里，在森林中与众多的兽灵共度良辰美景，人，只是一种尚未诞生的新新动物。小说家杨昭还从民间听到这么一种说法，江安娜离开昭通时，希望昭通方面能送她一根骨头化石。遭到拒绝后，她便谎称自己的魂丢在了褐煤厂的深坑里，要求人们给她找一个土医生来看看，她忍受不了灵肉分离。土医生来了，往她嘴里倒了半碗化石粉，她这才心满意足地离去。

对我父亲来说，那次去看江安娜，可谓得不偿失，为此付出了惨重的代价。他赶车的那头牛，是头正当年的公牛，我们下煤厂深坑前，他把它拴在车辕上，丢一捆稻草，以为就万事大吉了。没承想，那儿的牛太多了，旁边的牛车上拴的刚好又是一头小母牛，两头牛两情相悦，挣脱并不牢靠的鼻绳，在坑沿边上不管不顾地就准备干起那事来，殊不知公牛的两只前脚刚搭上母牛屁股，第一次用力，母牛脚下的土一松，一个趔趄，双双就朝坑底掉了下去。幸运的是，两头牛从天而降，落地处，不是人头攒动的地方，而是一个蓄水池。从坑沿到坑底，落差有多大谁也没算计过，但两头殉情的牛还是将一池黑水全都拍击到了池外，活活摔死了。父亲因此被生产队扣除了一年的工分，还被安排去挑了一年的大粪。父亲的工分被扣，那一年，我们一家人靠母亲一人的工分活着，每个人都只留下了半条命。青黄不接的时候，我们几兄弟饿得嗷嗷叫，母亲就在煮熟的苜蓿尖里掺些观音土进去，拌匀了让我们吃。我们个个都吃得腹大如鼓，却无法排泄，只好捧着肚子，哼哼唧唧，向父亲求救。父亲先是在昭鲁大河的河堤边坡上挖出一条土台阶，命令我们在上面跳上跳下，跳得精疲力竭并觉得肚子里有东西下坠之感时，他才叫我们双手狠揉肚子，然后脱掉裤子、翘着屁股，让他用手指从肛门里掏个不停。那时，弟弟还没上学,被父亲掏疼了,只会一个劲地哭;哥哥已上初中,被掏得受不了了,就尖叫"谁知盘中餐,粒粒皆辛苦",弄得父亲哭笑不得。他将掏出的泥丸扔给旁边站着的狗,狗闻一闻,不吃,走了。

回乡记

一

我家的老屋,是三间土坯房。母亲进城后,便用铁锁一一锁了,屋前屋后全都长出了荒草。

这次我专程去看了一眼老屋。

有人撬了铁锁,一家人住在里面,我不敢扰人,转身就走,一条狗追着我狂吠。进城,我与母亲说起这事,她说:"让他们住吧!"

他们是谁?母亲说,她懒得知道。

二

老家的村庄坐落在两条河流的交汇处。那交汇的地方水利局建了一座桥,桥上安装了三道电动闸门。闸门很少提起来,堵下来的水，记忆中清汪汪的。守桥的人换了好几个，其中有一个触电身亡，还有一个勾引村庄里的女人，常常被村庄里的男人打得头破血流。乡下人都信邪，说那守桥人住的房子，建在了墓地上，守桥人的身上都附着鬼。

两条河的上游，都有一座城。现在的闸门也像以前那样是关闭的，蓄下来的水却是臭的了。上面浮着的垃圾上甚至长出了青草，开出了花朵。我在河堤上走了个来回，一直捂着鼻子。坐在河边上抽烟的一个老人，是我的堂叔。他告诉我，现在人们想自杀，都喝农药了，想死也不投河，想死得干净点，嫌这河水臭，嫌这河水黑，嫌这河水上的垃圾太厚了，跳下去尸体浮不上来。

三

我问一个与我年纪一样大的叔伯兄弟："娶媳妇了没有？"他回答："娶了个女鬼！"

他是个傻子。我又问："怎么头发全白了？"他回答："我天天吃石灰。"他一边笑，一边脱裤子，他让我看他的阴毛，他的阴毛也全白了。

他已经记不清我是谁了，低声问："你是乡上的，还是县上的？"我还没回答他，他就更小声地跟我说："前几天有人喝醉了，从城里带了个女人回家来，他老婆不准他进门，他一拳打掉了老婆的几颗牙齿。你猜，这个人是谁？"

我递了支烟给他，他把烟夹到了耳朵上。这个人是村子里的游魂，他知道这村庄里无数的秘密，关于通奸、盗窃、诬陷，甚至杀人。少年时代，我们曾经无所事事地在田野上游荡，有一天，他拉着我去看勘探队的钻井架，那些工人正坐在草垛上吃馒头，他指着一男一女，告诉我："就是这两人，昨晚在河堤下干烂事。"不过，给我印象最深的是，当年，只要村子里死了人，他都会去哭丧，哭声尖厉、高飘、荡气回肠。

四

小时候有个玩伴，在一根电线杆下触电身亡。他的父亲参加过淮海战役，还去过朝鲜战场，战争一完，回家当了农民。大饥荒那些年，他家没有挨饿，粮食是用军功章换回来的。我去找那根电线杆没有找着，那地方建起了几栋鬼头鬼脑的洋房，门上的锁全都生锈了。

五

中午，我去找我的一位初中老师喝酒，他现在是个屠夫，家里挂满了腌制的猪内脏。他是个兔唇，当年教我们英语。吃着他一桌子的猪心猪肝猪肠子，我问他还记不记得几个英语单词，他指了指墙角的一堆杀猪刀，说只记得一个"knife"。他读出了小刀，不知道杀猪刀，读音也不可能准确。我看着他一个劲地笑，他逼着我喝了满满一钢化杯苞谷酒。

从他家里出来，有几只喜鹊在白杨树上不停地叫。他醉意嚣张，弯腰捡起一块石头，用力地丢了出去。喜鹊纷飞，他长笑不止。

六

父亲曾经告诉我，乌鸦歇脚的树上都有过吊死鬼。我从来没有看见父亲爬过树，而我倒是一直喜欢爬到树上去。父亲还说，只要用乌鸦的血擦一下眼睛，就能在夜里看见满地风一样侧着身子走来走去的形形色色的鬼。

有一天晚上我梦游，第二天醒来，竟然是坐在一棵平常根本爬不上去的梨树上。梨花开得正旺，头上的天空白晃晃的。我看见父亲扛着一架木梯子飞奔而来，到了梨树下，却不急着将我救下。他坐在树底下抽烟，梨花落了很多在他身上。很久他才头也不抬地问："你是怎么爬上去的？"我回答："不知道！"

那些我爬过的树几乎都被砍光了，这一棵梨树还在。父亲死的那年，母亲说这梨树死了一年，第二年又重生了。我不相信，母亲说:"不相信就算了。"

七

在路上遇到一个中年妇女,她盯着我看了一会儿,欲言又止。我也盯着她看了一会儿,欲言又止。擦肩而过后,我才想起,我们应该是小学同学。转身再去看她,准备打一声招呼,她的身影已经闪进了一片烟草地。

她叫什么名字,我一直没有想起来。倒是牢牢地记住了她那鼓鼓囊囊、头发凌乱的样子。

八

堂哥大我两岁,但从小学到中学,我们都在一个班上,我上高中,他去当了建筑工地上的木匠。我师专毕业那年,他结了婚,很快就有了孩子。他发誓要让自己的孩子都考上大学,有份正当的舒服的工作。二十年的时间说过就过去了,苦头尝尽了,他的两个孩子果然考上了神三鬼四的民营大学,而且又很快地毕业了。令堂哥火冒三丈的是,大学生毕业,国家已经不包分配,两个孩子又没学到什么真本领,好的工作找不到,只能跟着他在建筑工地打工。

我们就着一盘猪头肉喝酒,他把两个孩子叫了过来,一定要给我磕三个响头,说是要托付给我。我问大儿子:"学什么专业?"大儿子怯生生地回答:"工商管理。"我问二儿子:"学什么专业?"二儿子一样怯生生地回答:"计算机。"我什么话也没有说,拉开门,走了。门外是白茫茫的月光。

走出很远,听见堂哥的一阵乱骂声。

我读书,有了工作,后来的人以为读了书就会有工作,结果他们没有找到工作。我知道,村子里有很多人一直在骂我,说我带了坏头。让我内心压抑的是,很多家庭,为了供孩子上学,家徒四壁,负债累累。

九

从堂哥家出来,上了河堤,傻子还站在那儿。问我是不是要走了。我说是。

他闻到了我身上的酒气,指着河上的一座水泥桥告诉我,某某前几天喝醉了,从桥上掉到了河里,死了,臭烘烘的。某某也是我的少年玩伴,上学时,成绩比我的还好。没考上高中,变成了村子中最有名的酒鬼。

我问傻子:"你去哭丧了吗?"

他答:"我去了邻村,那儿也死了酒鬼。"

十

回城的路上,总有摩托从我身边飞驰而过,我相信里面有我认识的人。黑夜里遇上,尽管有月光,谁也认不出谁来,打一声招呼的机缘都没有,这仿佛是生命里就没有让我们重新相认的那个环节,只能任其各赴生死,老死再不往来。到望城坡,想起父亲曾说,1949年以前这儿全是黑森林,常有土匪剪径。又想起父亲去世时,小说家杨昭夜里赶路去陪我守灵,他说在这儿他曾碰上了两个人,一定要与他相伴走上一截。两个人都没有脸,声音直接从胸膛传出。过一片坟地时,两个人就没影了,路上又只剩下他一个人。

出发

张氏家族的小儿子，一天深夜，从床上翻身坐起来。他没有做梦，他的妻子也没有骚扰他，他只是突然地就醒了过来。

他想出发。被他吓醒了的妻子问他："你想去哪儿？"他支支吾吾，摸着妻子肥大的双乳，又把头放在妻子的肩头上，随后，还毫无铺垫地与妻子做爱。高潮时，妻子又问他："你要去哪儿？"

张氏家族不是乌蒙山中的望族，但是，这个奇怪的家族，男人只要到了三十岁左右，都会离家出走。每一个出走的人都不知道自己要去什么地方，他们只会趴在女人的胸腹上，折腾一下，然后就翻身下床，穿上衣裤，义无反顾地走掉了。

我是个坏孩子，在张氏家族的小儿子刚刚出村时，躲在树后面，用老妇人的口气，阴森森地喊他的名字。他听见了，肯定是听见了，但他没有掉过头来，更没有装出儿子的声音，应答我。我又跑到了他走出乌蒙山必经的一条峡谷中，跳入湍急的江水，胡乱地挣扎，对着他一声接一声地高喊："救命，救命啊！"他仍充耳不闻，反而坐在岸边，点燃了一支香烟，等着我死。以为只要我死了，他就可以扛着我的尸体去派出所投案。我并不想因为他白白地死去,就装出了溺水而亡的模样,浮在水面,双眼空洞,四肢像枯木。他把烟头丢进野草丛里,站起身来,走了。我原想自己还可以爬上高山之巅,叫着他父亲和母亲的名字,一阵乱骂。但我没有。我知道什么也阻止不了他离开。

第二天,我和他的妻子偶然相遇在寸草不生的石板路上。我问她:"昨天晚上,天快亮的时候,你听没听见屋后有人哭泣?"这个女人丰满,淫荡,有统治欲。她瞟了我一眼,然后把我一把揽到怀中,问我:"长大以后,你想有多少女人?"这个荡妇,她甚至一点也不在意我的母亲就站在离我不远的地方。

第三天,我又碰到了她,她在江边的石头上洗衣服。我赤身裸体地从她身边经过,跳入水中,还对着她翻白肚皮,她连一眼都没有看我。但她用石头,把一个红色的塑料水桶砸成了碎片。是的,在少年时代,我就是一个魂不守舍的人。

清晨

鸡刚叫过两遍,几个闲散的人不约而同地就起床了,有垂死者、鳏夫,也有年轻气盛的青年人。红土垒筑的屋子里黑乎乎的,仅有的一个窗子也还没有光照射进来,但他们一般都不开灯,摸索着把衣裤穿上,脚上趿拉一双拖鞋就出了门。

春夏秋冬四个季节,春天的空气里有股臊劲,夏天多雨,秋天的村巷中往往会堆放着从地里收回来的玉米棒子,冬天有凛冽的寒风和积雪,他们都不会因为季节的局限性和多义性阻碍自己的早课。几个人,吸着鼻涕,瘸着腿或敞着胸膛,早早地便会聚到了张大旺杂货铺门口的草棚内。张大旺比他们起得更早,已经拆卸了店铺的挡板,坐在一盏马灯昏黄的光圈里。谁也不跟谁招呼,右手举起来,向张大旺做出一个上酒的姿势,张大旺就用二两一个的铁皮提子,往酒坛里打酒,扑通扑通的声音和空气中迅速漫开的劣酒味儿,令几个酒鬼眼睛发亮。上了酒,张大旺就用粉笔在墙上按名字记下数目,或者掉头叫一声某某,告诉那人该还酒钱了,再这么拖着,进货的钱就没有了。那人照例会哼哼几声,有时也会问张大旺,能不能用鸡鸭大米之类的东西来冲抵。

"夜里没见阎王派出的小鬼来抓你?"有人这么问垂死者。垂死者不想接这咒人的话茬,偏着头问瞎子:"昨晚的月亮发红,听人说你一个人坐在屋顶上看了很久?"瞎子习惯了类似的糟蹋人的语言,置之不理,冲着草棚的角落问鳏夫:"你隔壁的小媳妇前晚去找你了,有人在你窗下偷听,说你们……"鳏夫有阳痿病,知道瞎子在羞辱自己,呷了口酒后,这才问瘸子:"我昨天听瞎子说,你们家祖坟上的柏树,全被人偷砍了,都做了拐杖,正在乡街子上叫卖,不知道是不是真的?"这时候,瘸子的酒已经喝光了,举着碗,正喊张大旺,说还要二两。张大旺不想再赊酒给瘸子,磨蹭着,装作没听见,祖坟受了凌辱的瘸子一下子就火了,高声大骂起来:"张大旺,我日你先人,你儿子落水那天,老子是在现场,但老子真的救不了他,你怎么能怪老子见死不救?快点,给老子再来二两!"边说,边一瘸一拐地冲到柜台前重重地把碗砸在柜台上……

天空慢慢地就亮了起来。每一个清晨,最先从杂货铺门口经过的,不是别人,是鳏夫的前妻。她疯了多年,一身白衣服,一头白发,唱着一首接一首的山谷里哀怨的情歌。之后,依次出现的是垂死者的儿子、瘸子的父母、瞎子的女儿和几个匿名的佛教徒,他们各有营生,亦各怀心事,机械性地出现又消失,从来也不朝杂货铺这边看上一眼。杂货铺门口的这群酒鬼偶尔会喊他们,他们只会头也不回地应一句："喊魂吗？"那几个匿名的佛教徒，不是村庄里的人，对酒鬼而言，他们来无来处，去无去处，是这道山梁上的几朵云，而且只出现在他们醉了的时候。

中午

研究藏宝图,已经成了人们中午的必修课。人人都家徒四壁,藏宝图就是他们仅有的财富了。藏宝图上的山,人们认定是乌蒙山中的狮子峰,江自然就是金沙江。垂死者年轻时曾经坐船出滇,在四川盆地里贩卖花椒和魔芋,他指着图中的一个江湾对大伙儿说:"我就是在这儿翻船落水的,一麻袋银圆和一个川妹子,都被大浪卷走了……"

瘸子问鳏夫:"如果这一吨黄金我们找到了,你想怎么花出第一笔钱?"

鳏夫想了三年时间,也没回答瘸子。

瞎子用手指抚摸着藏宝图,问垂死者:"如果这一吨黄金找到的时候,你已经死掉了,你会不会觉得自己很冤枉?"

垂死者双眼盯着瞎子,自言自语:"是啊,我会不会觉得自己很冤枉?"从那以后,不管在什么地方,是什么时间,清醒或糊涂,垂死者口中总是念念有词:"是啊,我会不会觉得自己很冤枉?"有一天,他问瘸子:"你倒说说,这整整一吨的黄金,如果用来打斧头,到底可以打多少把?"瘸子不明白垂死者的意思,他讨厌黄金变成斧头，瘸着腿，到不了世界上，他觉得这一吨黄金应该用来摆在家里观赏，花出去或变成任何器物都太可惜了。但他没告诉垂死者，而是说给了瞎子听，瞎子勃然大怒，一巴掌就朝瘸子脸上扇过去，扇空了，又扇，又扇空了。瞎子的内心里，他希望大伙儿把黄金分了，其他人想做什么他不管，他的那一份，他想用来换堆积如山的墨镜和竹竿。

就在他们认真研究藏宝图的那些日子里，金沙江上建起了向家坝和溪洛渡两座巨型电站，藏宝图上似是而非的地点，都被截流下来的大水淹没了。当然，没有任何人向他们透露这个足以让垂死者一命呜呼的信息，他们仍然沉浸在对一吨黄金的想象中。就在昨天，鳏夫还在对瘸子说："我还没有想好，这第一笔钱该怎么花出去！"

夜晚

狮子峰的山谷里有数不清的溶洞。匿名的佛教徒们,一直在从事一件伟大的工作:他们决定把这些溶洞全部做成类似敦煌那样的洞窟。他们的人马源源不断地涌来,但由于他们的服饰一致,人们错以为只是几个匿名者在路上,没完没了地走来走去。

金沙江截流,水位大幅升高,他们的洞窟都进了水,一个不剩地淹完了。现在,他们开始在绝壁上自凿洞窟,铆足了劲,铁了心要创造一个人类文明史上的新奇观。其中一个领头人曾经这么说:"即使造不出另一座千佛洞,我们也要在狮子峰上留下密密麻麻的悬棺!"意思很明白了,他们死也要死在悬棺里。

每天晚上,这些匿名的佛教徒,虽然活计干得太累了,但都拒绝去平地上休息,他们就用保险绳吊着自己,在绝壁上睡眠。那阵势,没有见过的人也可以想象,他们真的像坚守信仰的一群吊死鬼。

从镇雄到赫章

从云南的镇雄县前往贵州的赫章县,不知道有多少条小路早就存在着。这些小路都在崇山峻岭中,有的小路纯粹因为某个人突发奇想,决定从云南省步行去贵州省,于是,他找来地图画出一根直线(一条充满了天才般想象力的直线),并牢牢记下了直线上的地名,然后就出发了。河山不是地图,这是他也明白的常识。但是,甫一走上这条直线,他才发现直线的距离并不是最短的,特别是当断崖、江河、阴森森的坟地和森林,都汇聚在这根直线上,其实直线比任何弧线和曲线还要漫长得多。令他大为光火的是,要想完成直线上的旅行,他还不得不借助曲线和弧线,甚至得在曲线和弧线上不断地迟疑、重复、惊恐。他错误地以为直线上才有尊严、信仰和速度,事实则告诉他,他的这个突发奇想的行为,足以颠覆他的世界观,也足以通过可以用数字来计算的懊丧、焦虑和绝望,让他明白自己其实是一个无知的匹夫。当然,这次旅行,也终于让这个终身没有走出过乌蒙山的伙计知道了,铁路和高速公路之所以尽可能地选择直线,那是因为有数不清的金钱做后盾。

让这个伙计最后悔的事情是,上路前,他给赫章县的朋友们都打了电话,说次日的晚上一起喝顿酒,大家都热情洋溢地到了指定地点,他却杳无音信。打他手机,不在服务区。人们自然不会知道,次日的黄昏,他在直线上迷路了,一条一字形的峡谷里,藏着无数的直线,他不敢轻易选择其中的任何一条。而且,最终所选的那一条,把他引向了一个荒废多年的村庄。村庄所有的房屋都倒塌了,寺庙里的菩萨塑身上长出了粗大的藤条,开满了芬芳的鲜花。他在村庄里乱走,发现到处是坟堆,从建筑遗迹上分析,有的坟堆就垒在堂屋里和床头边。这个发现令他惊恐,因为他断定这儿曾经有过一次连菩萨也阻止不了的瘟疫。闭上眼就可以想象出这样的场景:垂死的人在给死去的人垒坟堆,直到最后一个人死去。那最后一个死去的人,无人掩埋,村庄里一定有他白花花的骨架子。他心里想,难说也有逃走的人,不过他已经意识到,那逃走的人不会再回来帮他带路了,一条逃命的曲线上,只有逃命者才有可能生还。他现在需要的是另一根曲线。

十天之后,一个失约的人出现在了赫章县城的街头。一条小路诞生了,可这条小路,即使有充足的后援力量做保证,并付给他一笔不菲的酬金,让他重走一次,他也未必能在云南省和贵州省之间的河山中,重新把它找出来。小路自然没有消失,但它更多的时候只会存在于几何学和个人的口述史之中。我的文字里也会留下这条小路,不幸的是,当我有一天把文字付之一炬时,它就会变成一束火焰。接下来,是黑蝴蝶一样的灰烬。

山坡

蚂蟥峰与斜阳峰之间，有一块几百亩的坡地。挤在上面的坟堆一层压着一层。按说，这应该是一片圣土，事实上人们却视其为一片不洁的土地。以前，土地上住着几户人家，以牧羊为生。每天早上，他们打开栅栏的木门把羊群放出去，黄昏羊群入栏，他们又关掉这扇门，工作非常轻松。羊群不需要他们照料，坟堆上的青草，不仅茂盛，而且耐嚼，水分也像乳汁一样充足。他们可以做的事非常多，比如聚到一起喝上几杯，再比如剪剪羊毛、唱唱歌，但他们老死不相往来，也不喝酒、不唱歌，连话都没说过几句。羊群出了门，他们就上床睡觉，彼此梦见对方，在梦境里真刀真枪地火拼。或者，让梦境返回往日的岁月，重温手足情深和反目成仇的经典化历程。梦境有着出人意料的叙事逻辑，有时也会给他们一个光明的尾巴，让他们摒弃前嫌，在同一座坟堆前烤全羊、喝大酒，人人都泪眼汪汪，并恶狠狠地赌咒，决心一起离开这儿，搂肩搭背地出山去，重活一次。

美梦易于忘却，噩梦则会长时间地操控着人心。他们也总是这样，当美梦出现，他们会迅速地用一个噩梦把它压住，当一个噩梦来临，他们已经为自己准备了另一个噩梦。只有做到了让噩梦源源不断，他们才有机会在梦中接近死亡，让死亡不停地轮回。如果噩梦不来，他们就在夜晚杀羊，在夜梦中一次接一次地杀死自己。梦境和生活并不是两个领域，中间的界碑被他们砸碎了，所谓生活，无非是这片坟地和噩梦上面盖着的一层保鲜膜。有时候，从床上翻身坐起，看着窗外坟地上的野草和野花，看着灿烂阳光下啃草的羊羔，他们的心也会同时软下来。可是，只要心一软，他们就会想起那一场惨绝人寰的械斗。两个政治营垒的人，在城里搞批斗、打冷枪、恶语攻讦，做得久了，没有了满足感，就觉得应该开创大场面。不知谁告诉他们这儿有一片山坡，他们听了很兴奋，分别派了人来查看地形，回去都说是个可以分出高下的好战场。营垒双方便拉了队伍，浩浩荡荡而来，先来的占领了蚂蟥峰，稍迟的另一方占了斜阳峰。开始几天，也没动刀枪，双方都搬来了功能最强的扩音设备，读语录，互相控诉，力劝对方弃暗投明。当时两峰之间的山坡上只有零零星星的几堆坟，植物年年生死不休，厚厚的腐殖土，齐腰的青草，起落的鸟群，使之像巨大的温床，而非墓地。事实上，白天嚣张、猖獗、歇斯底里，到了晚上，也有营垒里并肩战斗的青年男女，绕开岗哨，手牵手遁入这片山坡。他们不敢出声，更不能制造声音，只能咬牙切齿地行云雨之事。不幸的是，一个力大无穷的工人老大哥与一个女学生好上了，也来到坡地的草丛里。女孩子浪漫、主动，工人哥哥开始木讷，可当体内的狮子闻到了腥味，就失控了。他一边做爱，一边长啸，快乐得像个活神仙。他们还没尽兴，两座山峰上顿时亮起火把和手电筒，之后，枪声响了起来。双方都把工人和学生当成了对方的探子，乱枪之下，爱神的身体上布满了弹洞。

那个侥幸活着的人，就是后来的几个牧羊人中间的一个。当时他多了一个心眼，草草包扎了一下伤口，确信四周没人了，就去了第三批人马出现又消失的山谷。那儿留下了人马设伏的痕迹、丢弃的空罐头盒和烟头等。他还在明显是别人摊开睡觉的枯草下面，找到了一本扉页上有签名的语录。把语录放到怀里，他想进城去寻找丢失了语录的人。可是，当他爬上蚂蟥峰，准备坐下来抽支烟的时候，从山顶眺望那片坡地时，他改变了主意。几个有活命机会的，他一一包扎，精心照料。有两个人，与他的伤情差不多，很快就回过神来，变成了他的帮手。为了活命，他们先是把两座山上的粮食集中到了一起。山上的松树和楠竹多，他们砍倒一片，搭建了三间简易的木房和一间伤员房。吃住问题解决了，他们才去掩埋那些尸体。

埋最后那些腐败之躯时，最先垒起的坟堆上已经长出了草尖，有的还有细碎的小花开在了上面。埋完最后一个人的那天，他们三个人，包括已经基本伤愈的四个伤员，聚在一块儿，煮了一锅米饭，弄了几个野味。晚上，月光明亮，山风送来一阵阵松涛，加上蛙声四起，处处流萤，在生与死的边境线上是可以大醉一场的，可这七个人，他们并没有因为一个月地狱中的生活而变成兄弟，也没有拯救者与被拯救者常见的那种关系，戒心、经历了盛大的死亡仪典之后引出的疯癫症、装聋作哑、矢志不移的政治立场，以及连根拔掉了的信任，促使他们人人都紧咬牙关，一个字都不说，都成了哑巴。饭快吃完，还是那个领头的人说了话："粮食和钱，我平均分成了七份，每人领一份走。我决定留在这儿了，分到我手上的这点死人堆里搜来的钱，可以买十来头羊羔，我今后就做一个牧羊人，守着这片山坡，你们谁要离开我都没意见，前提是永远把嘴闭上，山坡上发生的事，不准说出去！"说到这儿，他从怀里掏出那本语录，在大家眼前晃了晃，又说："事情不像你们看见的那么简单，坡地上我们捡到的语录，与这本不同，它是终结者丢失在山谷里的，还有人在上面签了自己的名字！"这人说完，有两个伤员选择了离开，而且当天晚上就从斜阳峰的方向走了。其余五个人留了下来，当了牧羊人。

我写过一首叙事诗，名字叫《牧羊记》，诗中牧羊的老人，每天都在坟地里捡骨头，熬汤给羊喝。他知道每一座荒冢的主人，当然也必然知道这些骨头哪一根是谁的。这个牧羊人内心的仇恨过于深重，做法过于丧心病狂。与熬骨头汤的老人相比，山坡上的这五个牧羊人，对死去的人则毫无加害之心。如果不是某只羊落单或生病，他们决不到坟堆里去，以至于山外世界波澜壮阔，常常有人把冤死、暴死、自杀等一系列不在好死之列的死者，悄悄运来埋葬在其间，他们也不知道。有一段时间，这儿一度成为刑场，卡车拉来一批又一批死刑犯，他们也会把枪声错以为来自自己的梦境。那些没人收尸的死囚，自然也葬在这儿了。这片坡地成为不洁的象征，一再地受到山外人的诅咒，他们外出卖羊时有所耳闻，也会心头震荡，但总是装出什么也不清楚的样子。当大批死去的瘾君子、车祸丧生的人和自杀的抑郁症患者也来这儿抢地盘，坟堆出现在了家门口、窗户外，那挖坑的声音一再地打扰着他们的白日梦时，五个白发苍苍的牧羊人，这才明白过来，自己的一生，多数时间，是在坟地上度过的，剩下的时光，只要不被涌来的坟堆赶走，也得给自己预留一小块葬身之地了。有了这种想法，五个人分别到当年他们垒起的坟堆里去走了一圈。令人奇怪的是，在他们的眼中，坡地的格局并没有改变，他们只看得见他们亲手垒起的坟堆，那些新坟或重叠的坟，他们没有看见。他们都给自己挑了葬身处，做了标记，所挑的坟址，有的是刚刚才埋过人的。可是，就在他们决定在此终老之时，一个深夜，当年的领头人听见自己屋子外有人在一边挖坑，一边聊天。他本来无意偷听，但聊天的人所说的死者之名，让他浑身火焰重燃，并冒出滚滚浓烟。他迅速地从床上跳了起来，出了门，径直走向了挖坑的那两个人。那两个人看见他，也不慌乱，继续挖坑、聊天，旁边的草丛里，一盏马灯的光中，躺着一具白布包着的尸首。他问:"你们刚才说死者叫什么名字?"那两个人回答了他。他把怀里的语录拿出来,凑近马灯,问:"是不是这个人?"他得到了肯定的回答。而且,那两个人反过来问他:"你仔细看一下,看看我们是谁?"他把马灯提起来,凑到两个人面前,他发现,眼前的两个白头翁,就是那年离开的两个伤号。两个挖坑人当然也知道,他是谁,连问都没问,其中一个指着白布下的人说:"直接从监狱运到这儿来的,没有一个亲人。"他想拉开白布看看那人,忍住了,他还想问,两个挖坑人当年是不是奸细,也忍住了,转身就去叫另外四个牧羊人。

牧羊人们没有鞭尸和焚尸,他们与两个挖坑人一道,合力埋掉了那个已经死去的老伙计。天亮前,七个幸存者,杀了一只羊,喝了一点酒,默坐了几个时辰。其间,遇到几批前来埋人的人,有些人很平静,看见他们,照样挖坑、埋人。有一批人比较年轻,看见他们在坟地中吃羊肉、喝酒,人人都满头白发,还一句话也不说,吓得魂飞魄散,丢下尸体就哭喊着跑掉。天亮后,空中飘起了雪花,照例是两个伤号先走,随后,五个牧羊人,一人赶着一群羊,翻过蚂蟥峰,走在了通往屠宰公司的公路上。

山坡没了五个人和五群羊,植物愈发地茂盛,野猪、野兔、麂子也渐渐多了起来。这无人光顾的地方,当它有足够的时间进行自我调整时,很快就恢复了锦绣河山的样子。如果再给它更长的时间,人的历史和记忆里也长满荒草的时候,它还会被当成了无人迹的处女地。说不定还会有政府或商人，在上面大兴土木，建设开发区或别墅群。挖掘机下的累累白骨，会被堆成一座小山，浇上汽油，烧成白灰，作为花园的肥料。从政治学、犯罪学和生态学的角度看，这片山坡都具有人为遮蔽的必要性，它的每一株草都充当了焚尸炉，象征着隐秘、隐痛和公开的漠然。特别是当它再也埋不下新运来的任何一具尸体，随手拔一束草都会带出片片白骨的时候，它无疑已经是人世的尽头，除了忘记它这个选择而外，人们只能把它封存进时间档案，留给后人去翻阅。这是一场合谋，不声张者与不敢声张的人，以及不愿露面的人，在时间的斡旋下，嘴巴上贴了封条。一位艺术家，曾把五位牧羊人请到美术馆，让他们赤身裸体地站着，朝他们身上泼羊血，然后又在他们身上写满了死者的名字……这个行为艺术一直没有找到准确的命名，拍摄的影像资料，在山坡上五个牧羊人住过的房子里办展览的时候，艺术家也只是胡乱拼凑了几个错别字做展名，并且，他只请了五个牧羊人同去，其他人一个也没有邀请。五个老人故地重游，心头有波澜，但晚上睡得还算踏实，他却一分钟也不敢合眼，只要眼睛一闭，展厅里全挤满了血淋淋的观众。为此，原计划一个月的展览，三天后他就撤展了，回到家，重病了一场。后来，与朋友们说起那片山坡，他总是像中了邪似的，语词混乱，神情恍惚，谁都不知道他想表达什么内容。

两个木匠

村子里有两个木匠。他们都热衷于用缓慢的方法,制造速度惊人的物体。比如飞机、炮弹、老鹰、汽车、火车、蜗牛、奔马、自行车和兔子。他们的区别在于,一个木匠的制作顺序是蜗牛、兔子、自行车、奔马、老鹰、汽车、火车、飞机、炮弹。另一个木匠的制作顺序则是炮弹、飞机、火车、汽车、老鹰、奔马、自行车、兔子、蜗牛。前一个木匠制作完炮弹之后,不知道还有什么东西速度比炮弹快,就逢人便打听,村子里的小学老师,告诉他世界上最快的东西是声音和光,他便制作了一堆手机、喇叭、话筒、太阳、月亮、星斗、闪电和灯泡。后一个木匠就不像前一个木匠那么费心了,做完蜗牛,他还可以做天下所有的一动不动的东西,比如菩萨和墓碑。

村长的父亲死了,把两个木匠都请了去,问他们谁能给自己的父亲做一口最好的棺材,多少钱都行。对以快闻名的木匠来说,死亡是快的,他给村长的父亲做了一艘奇怪的飞船。反向而行的木匠则认为棺材不仅不会动,还会将一切会动、热衷于动的东西封闭起来,使之变成灰。他便找来了一个铁匠,互相配合,给村长的父亲做了一口镶上木质花纹的铁棺材。村长是个矿老板,有黑社会背景,把两个木匠吊在屋檐上暴打,以为两个木匠会求饶,然后乖乖地给自己的父亲做一口正常的木棺材。让他想不到,一个木匠说:

"你朝死里打吧,打死了,把我放到飞船里去。"

另一个木匠则说:

"你不用费力气了,直接把我装进铁棺材,我想尝尝活埋的滋味!"

村长只诛心,不杀人。但因怒火烧身,决定做个恶作剧,便让手下人把两个木匠分别装进了飞船和铁棺,第二天再把他们放掉。殊不知,忙于父亲的葬礼,村长把这事忘得一干二净,等到埋葬了父亲,打开飞船和铁棺,一快一慢的两个木匠早就死在了自己制造的器物里。

渡江

一名老者约我去横渡金沙江。我们翻山越岭来到江边时，暴雨将至，峡谷两边的山顶上黑云翻卷，雷、电、风，组成了一场百家争鸣的辩论席。坐在山洞口抽烟、避雨，他说起了巴尔扎克俯视夜巴黎时的孤傲与狂野，对着暴雨中的大江模仿巴尔扎克，一声高喊："巴黎，我要征服你！"那时候的巴黎是整个世界的首都，渴望征服它的人，挤满了通向巴黎的每一条陆路和水路，即便是躺在下等妓女怀中的酒鬼和流浪汉，也都个个野心勃勃。对那个精神之火熊熊燃烧的时代，我们由衷地向往，甚至不惜与世界作对，也要在自己的内心私设一个自由的热血偾张的小王国。继而，我们说起屈原以来的诸多文学圣手，风流倜傥，下笔如有神，可很少有人以肉身获取天地的欢心，天地或说世界也没给他们好脸色。他们便把更多的年华、才情、大抱负，都换成浊醪，在酒肆里没完没了地叹息。也有人如陶潜和王维，最终找到了去处，终南山变成了个人主义的理想国。巴黎和终南山，梵蒂冈与本主庙，在两个端极左右为难的择选上，我们举棋不定，什么都没选。因为我们确定不了，哪一种选择更具有活力四射的未来。

大江日夜奔流，我们只拥有过客的命。

几支烟的工夫后，天上的乌云散尽了，雷、电、风、暴雨都不知被谁收走了。金沙江两岸的旧世界变成了新世界，阳光、空气和水，仿佛是上苍正在大赦天下，特意派发下来的没人用过的御用品。

我问老者："您还想去巴黎，去干什么？"

他答："我想去那儿重读巴尔扎克，然后，没有任何告别，死在一家旅馆的床上。"

我们来到江边，江水比暴雨前高了不少，也浑浊了很多。摆渡的人把小船撑过来，还没开口搭讪，老者已告诉对方："我们只想自己游到对岸去。"摆渡人口没遮拦："这条江上，我差不多每天都会遇上死在水里的吝啬鬼。"老者一脸堆笑地看着摆渡人："我们游泳，你跟着我们，一样地给你摆渡的钱。"

我们跃入金沙江的一瞬，摆渡人大声地吩咐，一定要顺应水势，避开漩涡和浮木。江水没有想象中湍急，我们也没碰上暗流，几个两米左右高的浪头只是改变了我们预定的登陆点，将我们多送出去了几十米。游到江心那会儿，老者的一颗白脑袋随着浪涛时有时无，我心想，如果他真的没了，我是该在江水中继续找他好呢，还是上岸去，顺着江岸走，直接去大海找他。上岸后，坐在石崖上，摆渡人递了香烟过来，点燃后，我把这想法告诉了老者。他没搭理我，丢了香烟，起身去摘木棉花。木棉花大如人脸，最适合开在高山、峡谷、悬崖、巨石和江水之间。他摘了一朵，告诉我，他年轻时第一次横渡金沙江，就为了采摘一朵木棉花。那时，他是江边的一个知青，爱上了一位女知青。

决定往回游时，我建议老者把木棉花交给摆渡人，他拒绝了。他用牙齿咬住花茎，还特意找来一根韧性十足的草根，把花和他的脑袋绑在了一块儿，木棉花基本上遮住了他的脸。回游途中，有一会儿我专门游到他前面，掉头看他，白脑袋不见了，只见一朵鲜艳的木棉花开放在江面上。

烟花劫

大学毕业后没有找到喜欢的工作，赵雨丰又回到了乡下。对乡村生活他早就恨透了，却没有办法绕道走。耕种是体力活，他做不了，喂养牛、猪、鸡是脏活，他不愿干。每天他都躺在床上做白日梦，或者耳朵上插一副耳机，在村庄里百无聊赖地闲逛。开始的时候，父母对他抱有希望，就算国家翻了脸，不分配工作了，以为歇上一阵，他就会进城谋职，体面地挣钱，还掉供他上学借贷的那一大笔债务，娶妻生子，光宗耀祖。一年后，见儿子仍然在梦游，并且从不跟任何人交流对未来的打算，更不给父母一点希望，纯粹像个魂魄全都散了的废人，父母心里残存的儿子考上大学时的荣耀与欣喜，全都没了，相反多了一份不安，多了一份更沉重的压力。

距村庄五公里外的狮子山中，住着一个从河南来的道士。村里的很多人去找道士打卦，道士总是一针见血，迷途亮灯，了却了不少人的妄念，治好了不少人的心病，指出了不少人的坦途。赵雨丰的母亲见到道士，道士正在带着几个徒弟放烟花。狮子山上晴空万里，烈日白光，烟花上了天空，能听到噼噼啪啪的声响，却看不到绚烂的转瞬即逝的图案。

道士看了一眼道观的台阶上坐着的农妇,没有再放烟花。叫徒弟从观里抬出一张书桌,铺上宣纸,用毛笔蘸着一盆清汪汪的山泉水,开始专心作画。清水到了纸上,阳光一晒,瞬间就看不到笔画了,画出的崇山峻岭又还给了崇山峻岭,画出的松竹梅,又还给了松竹梅。农妇看了几个时辰,什么也没看到,口渴了,就找道士的徒弟讨水喝。徒弟用碗从道士画画的盆里打了半碗水,让农妇喝,农妇犹豫了一下,还是端起来一饮而尽。这时候,太阳开始斜落,道士停止了画画,提着笔,也不看农妇,径直入了道观。一个徒弟抬着那盆水,跟在后面。

道士来到一扇窗前,站住了,就有徒弟抢先一个身位,伸手推开了窗门。黑乎乎的道观里,阳光从窗口照进来,在地上形成一块长方形的光影。道士蹲了下来,又开始用毛笔蘸着水,在光影上写字,写的内容是他自己的诗,龙飞凤舞,笔锋杀尽山中兔。几个徒弟鼓掌叫好,农妇站在一边,如坠五里云中,心里想着的还是自己的儿子赵雨丰,不知道这位道士能否指点迷津,只言片语点醒梦中人。

太阳快要下到狮子山后面了,道士还未尽兴,赵雨丰的母亲只好趋身向前,拉了拉道士的道袍后襟,道士并不理会,接着写字。又等了大约一刻钟,赵雨丰的母亲又拉了一下道士的道袍后襟。道士把笔递给徒弟,卷起长袖擦去额上的汗水,这才转过身来，低声问农妇："白日烟花，纸上水画，光里诗书，你还没有看明白？"

　　赵雨丰的母亲回到家，月亮已经升起来了，家门口的池塘和水沟里万蛙齐鸣。丈夫坐在门边的凳子上抽闷烟，眼睛望着池塘里的月亮。赵雨丰则平躺在山墙下的草席上，跟着耳机里的汪峰唱着《硬币》："你有没有看见手上那条单纯的命运线，你有没有听见自己被抛弃后的呼喊……"丈夫看见妻子回来了，本想问一下结果，见妻子神思恍惚，就打消了问的念头。妻子走到丈夫旁边，想坐下，也没有坐，转身进了屋。丈夫先是听见妻子低声哭泣的声音，后来又听见妻子嚼食东西的脆响。嚼食什么东西才会有这种又有劲、又提神的效果呢？丈夫心想，一定是黄瓜。

山谷里的死亡训练

在鲁甸县与巧家县交界的一条山谷中,每一个人从诞生那一天起,就得接受死亡训练。人们都认为死亡是可以战胜的,特别是老人,他们掌握了各种各样战胜死亡的方法,说起心得来,总是滔滔不绝。就像逃亡多年的罪犯终于在临死前投案自首,坐在警察的对面敞开心扉,得意忘形地讲述他们所掌握的反追捕的种种技术和手段。小说家徐兴正就出生在这条不怕死的山谷里,他的一个短篇小说里的二叔,从山谷里来到城里,替人修筑水塔。很长一段时间,二叔都没有领到工钱。工程就要完工的时候,在高耸入云的水塔顶端,有一天早上,他一脚踏空,身体就离开了脚手架。刚开始向下坠落时,他觉得自己是一袋别人恶意抛弃的建筑垃圾,有着惊人的坠落速度。坠落到一半的高度时,他突然不再慌乱,也不再恐惧,而是将四肢舒展地张开,像山谷里的老鹰那样滑翔。坠落的速度减慢了,他的心里也便生出一种从未有过的轻松、自由与超脱。这位"二叔",不是山谷生活中的个案,山谷里的人们,在六十度的斜坡上耕种、在悬崖上牧羊、在无人的地方服用剧毒农药或者上吊、在没有安全设施的矿洞里挖矿、在泥石流随时可能从天而降的学校里读书、在活动频繁的地震带上承受生不如死的种种精神震荡……死亡训练，对每一个活着的人来说，都是他们基本的人权。在日常化的训练过程中，他们没有接触过模拟的死亡或意外死亡，刻在骨头上的训练手册，没有繁文缛节的防护措施，所有的条目都直指死亡和战胜死亡。他们看到的死亡，都是正在发生的死亡，躲避不了的死亡。而所谓的战胜死亡也只是特指平静地接受死亡，飞石、坠崖、饥饿、绝症，等等，没人能免除。去年的鲁甸大地震，甘家寨被滑坡埋到了一百米之下的地心里，救援人员只挖出来了几具被泥石的强大冲力卷到表层上来的尸首，更多的尸首，除了造物主而外，谁都拿不出来。民间因此有个传说，地震过去几个月后，有一群找矿的外乡人，赶夜路从甘家寨经过，听见地底下死神正在大摆庆功宴，表彰那些死神突然降临时毫不畏惧，而是死死抱住死神，与死神同归于尽的人。死神不在意自己又死了一次，他对自己又多了整整一个村庄的不怕死的部下而欣喜若狂。死神酒喝多了，爬出地面，到山谷里来散步，吓得那群赶夜路的外乡人，来不及掉转车头，丢了越野车，没命似的，就往鲁甸县城方向逃去。

与小学女同学擦肩而过

昭通是个没有生与死界线的地方,坟地和村庄总是混杂在一起。我听说过的死亡,先是祖辈,然后是父辈,接下来是同辈。最近几年,听说我的下辈中也有人跳河或喝农药自尽了。清明节的那天,我去给父亲扫墓,在通向坟地的小路上,我与一个小学时的女同学擦肩而过,不敢与她打招呼,因为我不知道她是活着还是死了。

街头

一天晚上，我与几个朋友坐在街边，吃烧烤，喝啤酒。话题是臧否几个山谷里的诗人，间及一支已经四分五裂了的地下摇滚乐队。月亮从高楼的背后移至天空时，有人建议，借着酒兴，去东郊的山丘上听一个巫师讲鬼故事。我们正准备起身，只见天主教堂旁边的小巷里，冲出十几个年轻男子，人手一把白光闪烁的西瓜刀。街边上还坐着很多人，我们以为，一定会有另一群人，从桌子底下抽出西瓜刀，朝着提刀前来的人直扑上去，上演一场血雨腥风的生死游戏。微电影流行以来，生活中到处是镜头和演员，每一个人随时都可能成为闯入者，陷入千奇百怪的剧情。为此，我还掉头朝四周看了一遍，以为月光下面会有一个手忙脚乱的剧组呢。

这十几个年轻人径直冲到我们身边，伸手就抓住了我们每个人的头发，把我们的脸扭向月亮，用凶狠的目光认真地辨认，然后，丢下我们的头颅，又扑向另一群人。整个过程中，他们没说一句话，手上也没有拿着某个人的照片，发现我们不是他们要找的人时，也不摇头、不失望，像一群机器人似的。如果我们中间某个人的长相,像极了他们要找的人,剧情会不会急转直下?想到这个问题,我们觉得必须马上离开,担心他们又折回来,来我们中间寻找替死鬼。

街头的杀伐还没有落幕,这就说明,在互不会面的杀人者和被杀者之间,这批冷冰冰的年轻人还得继续过刀锋上舔血的生活,像一把把刀子,以杀人为职业。古老的义气和文身、比刀光还要锋利百倍的目光、没有出处和下落不明的无名尸首、一刀就剁了的狠劲,以及与片区警察暗通款曲的传奇故事,也都会继续保留在街头巷尾。

雪地上

一个从四川盆地爬上乌蒙山的人,为了能养活自己,并按月给四川老家的亲人寄回一笔钱,在昭通城的南郊开了一个小餐馆。餐馆开业的前几天,昭通一直在下大雪,积雪有二尺左右深厚。开门迎客之前,他放了几串鞭炮,红色的纸屑散落在白雪上,硝烟味被凛冽的寒风吹到了很远的地方。第一批客人很快就来了,是三个分别染了红发、绿发和白发的年轻后生,恍惚间,像电影里阎王派出的催命鬼。他们要了三碗宜宾燃面,瞬间就一扫而光,接着又要了三碗成都担担面,又一扫而光。他用围腰布擦着手,弯腰站在三个后生面前,准备收取第一笔钱。后生们一脸凶相,其中一个口出雷霆之声:"你的鞭炮声,打扰了老子们的睡眠,跪下!"他内心卑微,知道世道的凶险,甚至时刻都有主动下跪的冲动,但在须臾之间还是没给自己找到下跪的理由,刚一犹豫,一把条凳就横扫过来并击中了他的双膝,他扑通一声跪到了地上。三个后生从怀里掏出三支仿真手枪,拍在餐桌上,一个声音说:"老子们的枪是假的,但足以吓死你娃儿喽!"他开始磕头、求饶,责怪自己人生地不熟,不懂江湖规矩。故事的结局是,三个后生把这个四川人拖到了雪地上,命令他脱光了衣服,跪着,唱崔健的《一无所有》。四川人不会唱,他们就逐句逐句地教他唱。他冷得瑟瑟发抖,便哀求后生们放他一马。后生们就拿出一本诗集,让他高声朗读《沁园春·雪》,读着读着,他就被冻昏过去了。

分身术

人们都不相信我有分身术,一个我在昭通城里代人写诉状,另一个我则在镇雄县图书馆里查找古芒部的史籍。他们说,这里面肯定有时间差;还有人说,我是在镇雄县的图书馆里睡着了,梦见自己在昭通城里代人写诉状。我以前总是忍不住要辩解,现在迷上了沉默。当看见我沉默时,他们就更加相信我没有分身术,分身术对他们而言只指向肉体,灵魂出窍或借尸还魂,不在分身术的范畴之内。如果我在昭通城《共赴国难》的雕塑下抄写战死者名单,同时又借用诗人王单单的身体出现在镇雄县的乌峰山上,他们就会说,虚假的把戏之所以难以揭穿,原因在于两具肉身不仅变成了假象的制造者,而且乐于捍卫假象,谁都不会站出来公开说出真相,承认两具肉身客观的分离。

人们都落入了自以为是的俗套中,不相信人与人之间肉身的借代与共享关系,就等于掐断了思想、信仰和挚爱的交流渠道,让人彻底沦为收受不到任何信息的个体。因此,每一个人都进入了空前绝后的孤独暗夜,丧失了语言、交欢和繁衍,也没有了苦心经营几千年的文明、庙堂、民间和公共空间,只能沉浸在一个人的小世界中，就像生活在一具漆黑的棺木中。只能独自猖獗，让内心的狮子替自己挖掘墓穴，让大脑中孤绝的大象给自己举行葬礼。目睹着这样一个怪力乱神的人世，我一边坐在广场上书写投降书，一边在摩天大楼的顶上修筑一座人人都能看见的灯塔。

癸巳年以来，在红庙旁边的一间玻璃房里我足不出户，并进一步将自己关锁在《三国演义》的文字烟云中。我很清楚，身在乱世，处处孤峰绝境，脚下的土地也会移动、开裂，金沙江两岸的骨架每天都会重新活过来，拿起刀剑和断弓，与诸葛亮的大军决一死战。是的，不是别人，我就是那个被抓捕了七次的野蛮人孟获。人们说，我是一个一再地背信弃义最终又在强权面前服软的人，只有个别与我一样生活在乌蒙山中的人，才会觉得我只是在同一条绝路上走了七次。如此贫瘠的一片土地，为了支持自己的穷兵黩武，诸葛亮挥师而来，只为掠走能够掠走的一切，而且，他还诛心，要每一颗人心都为他而快乐地跳动。那山谷中的一次次大杀戮，只要我一闭上眼，就能想起尸首填平山谷的场景，只要我一睁开眼，血水就会从眼眶里流出来。反抗强权和背叛强权，让我们付出了双重的悲惨代价，并且一次次重复。守护自己的毒蝇小国，我们的行为，到了史家和时间的笔底，全都被歪曲了。七次抓捕，他又七次将我释放于山野。行走在回国的山梁上，望着滇东北的落日，没人知道我的屈辱与孤愤。几乎每一次我都想从悬崖上纵身一跳，以求彻底解脱。活下来，重招残兵再反，只是不想在自己的国家里做亡国奴。他每一次割走我心上的一块肉，切到第七刀，我心上没肉了。我并没有归顺于蜀国，在第七次的归途中，我用马鞭将自己吊死在群山之巅的一棵松树上。人们改写了历史，利用文字让我遗臭万年。

这会儿，我从《三国演义》中脱身出来，玻璃房子的外面，早晨的阳光下，昭通城就像黄金打造出来的一样。我得走到街道上去了，于是，拉开房门，下楼，沿着红庙旁边的一条小街，兴冲冲地走到清官亭公园。公园里有一副我手书的楹联："门前一湾金沙水，我当五湖四海看。"字意取自吴希龄先生。我觉得这位仙逝的老人，给了我一丝风骨和气象，我是他的转世灵童，是他分身于人世上。

猎虎记

讲一个刚刚从乌蒙山听来的老故事。

一对双胞胎兄弟,父母在他们很小的时候,上山烧荒,就被老虎带走了,什么也没留下,只把他们留在了世上。兄弟俩长大后,决定到森林里去寻找父母,便在与世隔绝的地方,建了一座房子,烧山种地,长期住了下来。

每天清晨,在鸟叫声里醒来,他们的第一件事,就是扛上猎枪,钻进森林,在传说中父母消失的地方,耳朵直竖,双眼圆睁,弓着腰,神情专注地寻找。一阵风吹过,一头麂子或野猪出没,他们都会非常利索地把枪抬起,瞄准,甚至射击。他们把被他们误杀的各种野兽搬回家里,腌制成干巴,不仅足够他们食用,多余的,背到集市上卖掉,还可以让他们买回充足的生活日用品。

巡山之后,如果没有可打理的禽兽,兄弟俩就下地干活,活计做完了,就对着墙上画着的一头老虎练习射击术。然后,擦枪,喝酒,大块大块地嚼食野兽干巴。他们是一对沉默的兄弟,几乎不说话,做任何事,灵犀相通,总会想到一起并一起行动,一个人仿佛是另一个人的影子。由于很多年疏于与人交往,也从不参加集体性的活动，凡是乌蒙山人热爱的歌舞，他们都不会，也不想学习。有那么几次，过路的女孩对着他们唱起热辣辣的情歌，兄弟俩心有所动，但还是低下头来认真地检查木箱里的子弹。那些子弹他们已经检查过无数次了，但仍然每天都要一颗一颗地检查。女孩子们觉得没劲，像遇上了两块石头，渐渐地也不从那儿路过了。

有一天，兄弟俩在鸟儿没叫的时候就醒了，检查了一下猎枪，各自拿了一块预先烤熟的黑熊肉，出了门，边吃边向森林走去。森林还是黑森林，夏天的草丛每张叶子上都吊着露珠，树的枝叶，一碰就会有一场雨劈头淋下。走到那片父母消失的林中空地，还是老规矩，哥哥往东，弟弟往西，然后各巡半个圆，在南边的那座绝壁下会合。这天，分手时，哥哥很意外地在弟弟的肩膀上捏了一下，并摸了摸弟弟的头。弟弟有些意外，但没多想，端着枪，竖起耳朵，睁圆眼睛，很快就进到了林子深处。衣服已经湿透，预备的子弹是放在贴身的牛皮袋里的，但他还是停下来检查了几次。走到他每次都要爬上去四面眺望一下的一块大石包下的时候，鸟儿叫了，太阳升起来了。他爬上石头，一样地，朝四面看了看。森林里物种很多，却空空的。可就在他准备从石头顶上下来时，石头另一面底部的草丛里，爬出了两只小老虎。两个小家伙在阳光里互相摔跤、撕咬，跑来跑去，尽兴地游戏着。太阳是它们的，树木是它们的，草和石头是它们的，空气和虫鸟的叫声也是它们的，这空寂的世界全归它们，当然，在那一刻，它们不知道的杀机乃至死亡也属于它们。至少，它们领会不了，在石头顶上的猎人心中，它们肯定不是惨遭横祸的孤儿，更不会是埋伏在生活之外的、用心专一的孤魂野鬼。更重要的是，在他看来，它们至少是父母消失的合谋者、受益者、潜在的支持者和指挥官。他觉得自己的心脏，二十多年来，终于有了知觉，跳得比笼中的飞鼠还要决绝；血管里，冷结的冰一瞬间融化并神奇地鼎沸，像注入了电流，迅速地让他的十个手指、双目乃至周身的皮肤炽热、发红；他甚至听见了体内的骨头轧轧轧地挣扎，想破壳而出，像铁箭一样飞出去……

二十多年前的眼泪，终于流了出来，露珠儿一样，挂满了这个年轻猎人的脸庞。用微颤但硬如鹰爪的手，他端起了枪。可就在那节点上，他看见两只小老虎同时向一个方向跑了过去。那儿，野草让路，野花灿烂，树上的鸟儿吓得飞走和噤声，一头傲视山野的老虎，像大神一样走了过来，用整座山林衬托着它的威仪。

年轻猎人看见，老虎的背上，横放着他的已经不再挣扎的哥哥。

落日

读过清代云南诗人陈佐才写落日的一首诗。他说,太阳从天空落向大地,是为了反过来把天空照亮。要表达这样的诗意,诗人必须参透天机,洞悉太阳的想法,有一颗玉皇大帝的心脏。

2014年8月3日下午,昭通市鲁甸县发生6.5级地震,造成617人死亡和112人失踪。几天后的一个黄昏,我从北京辗转赶到作为震中的龙头山镇,混迹在准备撤走的救援志愿者中间。一个个村庄,像被恶童捣碎了又抛弃在垃圾堆里的积木房。折断之后胡乱上翘的那些木头、钢筋和砼构件,则像受到暴力猛然袭击而殒命的死难者外露出来的锋利的骨头。我没有见到一具尸体,身体的本能感受,又让我觉得散发着腐臭的空气中,有一个个阴魂在拉扯自己的衣角。在一座凌乱的废墟上,一位年轻的母亲木偶一样坐着,目光寒凉,瞳仁后面有座冰山。我问她:"你为什么不离开?"她木讷地说:"儿子还埋在下面……"

那时候,我看见了废墟上面的落日。它是血红色的,无光、肃穆、悲悯而又遥远。这样的落日,往往出现在一部部伟大史诗中灭亡与新生更替时的结尾部分,偶尔,它也出现在暗黑之书的开篇,从白日梦里醒来的人们,总会把日落误认为日出。坐在年轻母亲旁边的另一座废墟上,我久久地凝视着它,希望能找到它迟到并转瞬即逝的原因,以及它与灾难现场,为什么总能向人们提供一再地重复的暴力美学的依据。我什么也没有找到,它就静静地从天上走到群山后面去了。

时间史上,8月3日这个日子,435年,君士坦丁堡主教聂斯脱里被狄奥多西二世流放埃及;1492年,哥伦布第一次远航;1904年,英国军队侵占拉萨;1923年,鲁迅先生出版小说集《呐喊》;2008年,苏联流亡作家索尔仁尼琴逝世……也许还有更多的大事件发生过,但都被不同的文字抛弃了,存封于我们不可能重新返回的黑暗空间内。也许只有落日在它离开人世之后,才能发现并照亮它们,给它们一份来自上苍的世俗的平等与尊严。

失踪者

他孤单地生活在片面
偏激的场所中：一条决绝的单向街
或者一座废弃多年的寺庙
不想再与过去发生任何联系了
不与人见面，不结盟
不开口，不写信
他只想做一个现世的孤儿
与自己最好的人
也保持距离和沉默
那些他敬畏的偶像，他想前往的
地方，他只依靠沉思默想
聊以温暖日渐冷却的血
但也拒绝交出灵魂，仿佛
他已经不存在了。以前的他
激烈、尖锐，却如岩浆戛然凝固
就连他笔底下正在塑造的人物

也不知道他是否还在人世

他就剩下自己了

纸页上自问自答的时候

当他发现自己还有另外一个声音

他讨厌它，否认它

在内心，他并没有原谅

损害过他的那些语言、暴行

和伪善，它们偶尔还会令他难受

他总是用酒去平乱，醉了

便在书架背后倒头就睡

这不是一个愤世嫉俗的问题

他就是一个失踪的家伙

自己都觉得自己死去很久了

自己都觉得自己有一副亡灵的样子

上面这首诗《失踪者之歌》，我写的是一个主动失踪的避世者，他的"失踪"是个人可以决定的，是有着隐秘甚至违禁的快乐的。鲁甸地震，公布出来的资料显示，有112位失踪者，他们单列于死亡人数之外。对这112位"失踪者"，我一直充满了同情和期待，期待他们中间的大多数甚至所有人，因为千奇百怪的原因在地震那天悄然外出了，然后又从不同的地方突然回来，让冰冷的统计数字一再地减少,直到清空。他们比死亡数据中的那些人更无辜,没有任何依据证明他们是活着还是死去了,而且他们还让自己的亲人,怀上了一个个永远不会诞生的婴儿。有可能活着,不排除已经死亡的可能性。当搜救工作停下来,搜救者都已经承认了自己的无能为力,同时也客观地告诉人们,那些失踪的人回不来了,他们被封存在了谁也找不到的地方,却没有人也没有任何机构敢于承认他们事实上的死亡。他们被主持地球板块运动的神秘人物秘密地处决了,任何祈祷、哀求和侥幸心理进入了漫长的徒劳的程序,这程序是失效的,务虚的,但会持续到人类灭绝的那一天。这与任何伟大人物的失踪是一样的,如果放弃对他们的踪迹的寻找,所谓人道主义乃至集体主义,都会受到必需的质疑和拷问。因为匿名者、草民、匹夫,只能用他们的"失踪",才能考察出生者对生命的尊重与轻蔑。他们是在成全我们的德行,不是在为我们开出没有生死概念的数学难题。

关于"失踪者",估计很少有人觉得它是一个不错的话题,尽管它有着非比寻常的意义。原因是我们早已将坐在审判席上审判别人当成了天经地义的事,一旦轮到我们受审,而且我们语无伦次,我们就会翻供,就会觉得自己作为真理的持有者,现在所受到的凌辱其实就是对"人间法则"的颠覆。鲁甸地震发生在2014年8月3日,时间往前推一年零八个月,也是在乌蒙山中,一个名叫赵家沟的村庄刚从睡梦中醒来,村子后面的山坡突然从天而降，巨大的山体把村庄掩埋了。村庄里的人，很多都外出打工去了，但大型机械和众多的救援人员还是从山体下面刨出了严重受损的46具尸体和两位幸存者。除了搜救人员和殡仪馆职工，其他人都不知道那些"严重受损"的尸体被损害到了什么程度。

我不相信女儿的骨灰会被错放于母亲的骨灰盒里，儿子的骨灰与父亲的骨灰也双双放错，手慌脚乱的浮世还没有荒唐到如此必遭天谴的地步。但我的后脑上，真的感到有鬼在吹着凉风。失踪者的释义，有了一排排下落不明者的衣冠冢，旁边又多出来一个个硬塞过来的骨灰盒。这是多么令人悲伤的世界啊，我们双手接过了骨灰盒，认可了不能轻易认可的一切，唉，这失踪者的队伍，人数多得令人绝望。

数学

精神和肉体都是可以用数字来进行总结的，人们的情绪、欲望和想象力，也能通过数字而落到实处。鲁甸县龙头山镇上的一个道士，他能通过手心的测重，说出人的灵魂重量。我去探访这个道士的那天上午，他坐在一座废弃多年的银矿上，我问他："这座矿井里还有多少无家可归的亡灵在游荡？"

他让我数天上和树枝上的飞鸟、草丛里的昆虫和蝴蝶，以及地上的蚂蚁和蚯蚓。"你能数出来的数据，就是亡灵的数量。"一只枯叶蝶停在我们脚边腐朽的泡桐叶上，他说："这只枯叶蝶，湖广长沙府人，灵魂太轻，经不起返乡路上的狂风和暴雨……"道士又指着一只草丛里觅食的麻雀："江西赣州人，心力已经耗空了，不想回去……"我捉了一只蚂蚁放在手上，看着他，他寂然一笑："这是个本地人，与地震中死去的那些人一样，活着是蚂蚁，死亦为蚂蚁，命小，魂小，肉与灵的尺寸，每一个部位都小得难以辨识……"在道士眼中，蝴蝶、麻雀和蚂蚁，以及借它们的肉身存活浮世的人们，因为细小，要得出它们的灵魂、思想和愿望的具体斤两，就得借助卦卜或实验室里最精确的计量工具。

当然，也有例外。他随手又抓起一只蚂蚁，"你看，这只蚂蚁，它一直想拉动我们撒落在地的这块面包屑，它的欲望足足有五百公斤，而它的想象力甚至比龙头山还重，同时，它的绝望也就等同于整个世界的绝望总和。它的前身是个四川人，袍哥大当家，曾经纵横在扬子江上，是龙头山白银帝国中的水运巨头……"

我把鲁甸地震617名死难者的花名册放在道士手中，他没有再说这些人灵与肉的轻重，而是一会儿望着天，一会儿望着阳光下莽莽苍苍的群山，几次欲言又止，最终什么话也没有说。我猜测，这些卑贱的生命，他们没有重量，但他们躺在地心里，一定能测出从他们身上走过的一批批人马，悲伤有多少吨、良知有多少吨、愧疚与忏悔有多少吨、默然有多少吨……核心是，在不间断的神话中才有的一系列重大悲剧之后，也许只有无妄、无辜和无法的死难者，他们才能测出我们自己审判自己时，那审判力到底有多少吨。我不相信卦卜，但相信实验室里的计量工具，如果可以，每一个苟活者都应该去那儿测试一下自己。

天空安魂曲

无极山是乌蒙山脉中一座主要由石头组成的矮山,坚硬、寂冷。附着其上的泥土都是飞土,像一副巨大的骨架上,零零星星的有些肉筋。山上树木稀少,松树均不连片,长相和气质让人觉得,它们是上个世界的遗物。灌木丛和荒草本来就少得可怜,又都长在背阴的山坳中,为此总是被人们所忽略,也被无极山的山神视为虚无空间里的虚幻之物。山上没有村落和寺庙,也没有人在上面开荒种地,曾经有人把整座山当成磨刀石,刀光闪烁,锋利的刀刃堆满了一条条山谷,搬运刀刃的车辆络绎不绝,但终因无极山远在天边,且取水难度太大,那些职业的磨刀人不堪重负,叫苦连天,只好满世界地另找磨刀石去了。

山东的平坝上,一个家族养鸽子,山西的丘陵中,一个家族制作风筝。以前,这两个家族共用着同一片天空,一直把无极山当作放飞鸽子和风筝的平台。在那漫长的等待鸽子或风筝归来的时间里,两个家族的人少不了迎头碰上,但最多点一下头,一点来往也没有。

在他们根深蒂固的观念中,两个家族都是谪仙的后人,故乡在天空里，不管是乘着鸽子的翅膀，还是悬挂在风筝的尾翼上，他们死后，灵魂都将归于天空。而且，在史诗般的家族史上，两个家族始终没有墓园、牌坊、功德碑和祠堂，他们每一个人的尸体都要被烧成灰，由鸽子或风筝抛撒在天空里。

这一天早晨，风筝家族的头人从被焚烧一空的风筝仓库里，一身灰烬地走出来，手上拿着一只在现场发现的死鸽，表情沉寂，内心却有一座火焰山。他还没来得及冷静地想想事故的原因，一个邮差已经满头大汗地站在了他的面前。为什么不是信鸽？在伸手接过信件的一瞬，他心上已经有了某种不祥的感觉。按照常理推算，人们都会认为这是一封抚慰的信件，是一个家族向另一个家族雪中送炭。事实不是这样，信件上的文字虽然已经非常克制和超脱，但提供的仍然是噩耗：在同样的时间段，鸽子家族养殖场内的鸽子，被人用药物一只不剩地毒死了。让鸽子家族的人不解的是，毒杀的现场，他们找到了一只运送毒药的大型风筝。

风筝家族的头人伏在桌子上书写回信的时候，鸽子家族的头人已经沐浴更衣，端坐在屋前的石凳上心不在焉地吃着素食早餐。阳光像飞扬的红土，由东向西，吞噬了无极山以东的荒原，又扑向无极山，把原本寒茫苍凉的无极山上的地平线涂染得散发出黄金的色泽。在自己的一生中，他的确遇到过蔑视或仇恨天空的人，世戚与旧僚中，也不乏屠杀鸽子的人，这些人提着一桶鸽子血，爬上无极山，试图把天空的颜色变成他们想象中的血红。他父亲的遗体，就曾经被人强行埋葬在肮脏的泥土中；他晒在屋后的衣服，也曾被人偷走，在无极山的悬崖上歹毒地给他建了一座衣冠冢；就在去年夏末，他的小女儿，还被乡长逼着吃乳鸽肉，然后迷奸，于今年暮春生下一个去不了天空的孽种……

在回信中，风筝家族的头人排除了两个家族以互相偷袭的方式，联手毁灭天空的可能性。现场发现的风筝与死鸽子供出了离间者，但他承认，在无极山两边愈来愈怪力乱神的土地上，他觉得每个人都怀揣着一颗乒乓乱跳的凶心，他却不敢去具体指认。把信件和那只死鸽交给邮差后，他习惯性地泡了一壶茶，端着茶壶，一脸困倦地看着儿孙们清扫堆积如山的火灾废墟。大儿子准备把风筝的灰烬抛于荒野，遭到了他的一顿臭骂。他让整个家族的人重新制作了一批风筝，把被烧毁的风筝灰烬，一点不剩地抛撒到了天上。他们制作风筝之时，来自无极山的风，送来了山东家族焚烧鸽子尸体的焦臭味，他们把目光投向无极山，多少有些好奇，鸽子死光了，不知道山东家族会以什么方法把鸽子的骨灰送回天上去。

从那以后，风筝和鸽子飞满天空的景象再没有出现过。而且，山东和山西的两个家族至今也不知道，为他们传递信件的那个邮差，一直靠出卖信件的内容为生，每次都是在无极山山神的眼皮子底下完成交易。谁也说不清楚，这两个家族会在什么时候迎来没有任何预兆的灭顶之灾。

木偶

从铁匠铺出来,踏着月光回家的铁匠,没有朝着家的方向走,而是鬼使神差地反向走进了木匠家的后院。这个后院他以前没有来过,木匠也从来没有邀请过他。他进到院里,木匠正在白花花的月光下,给一群木偶训话。木偶们的队列站得很整齐,里面有达摩、耶稣、观音、如来、孔丘、李白、关圣和赵公明等各路大神,也有一些没有命名的普通木偶和十二生肖。

木匠双手叉着腰,有意压低了一点声音,让铁匠觉得他是在说腹语:"大家听好了,我把你们一刀一刀地雕刻出来,不是为了让你们接受人世间的顶礼膜拜……"

木匠的话开了个头,就看见了走进院子的铁匠。木匠只好停止训话,非常困惑地望着铁匠,目光里有一丝看不见的敌意,不知道铁匠在万籁俱寂的时候怎么会出现在自己家的后院。两个人隔着地上的那一群木偶,就那么沉默地站着,谁都不知道该说什么。月亮西斜的时候,木匠抬头看了看天,慢吞吞地进屋去了。他就着几个核桃,一个人喝酒,醉了,抱着一个没有雕完的木偶睡在了木屑上。铁匠站在院子中,以为木匠还会出来,站到天快亮了,这才转身走出木匠的后院,朝着家的方向恍恍惚惚地走去。

木匠和铁匠,后来在乡街子上碰到,铁匠送了一把刻有木匠名字的斧头给木匠,木匠面无表情地收下了。木匠看了看自己摊位上的木偶,犹豫了一下,铁匠转身就走了。回家途中,木匠把铁匠送的那把斧头,扔进了金沙江。

跑着跑着就哭了

冬天,屋檐上垂着冰条,雪花把人们熟悉的河沟、田野、草垛,用白布包扎了起来,不知道是什么用意。屋子里没有什么东西,墙上那幅领袖的画像是唯一的奢侈品。火炉还没有生火,因为母亲觉得冬天很漫长,煤炭和木柴只够应付三分之一个冬天,孩子们只能蜷缩在破烂的被褥中瑟瑟发抖。父亲不怕寒冷,他在屋后的菜地里挥舞着锄头,挖出一个大坑,又将它填平,又挖一个大坑,又将它填平,又挖一个大坑,又将它填平……反反复复,挥汗如雨,身上冒着一团热气腾腾的白雾。母亲也没让自己闲下来,她推着一盘空空如也的石磨,一边推,一边想象着石磨里正哗啦啦地流出雪白的面粉。她一样的大汗淋漓,内心充满了对生活由衷的礼赞。看见三个孩子可能被空气中无处不在的饥寒打垮,在门前扫雪的奶奶,知道再怎么扫,自己也赢不了片刻不停的寒风,便扔下扫帚,来到孩子们床边,分别给了三个孩子两分钱,告诉第一个孩子:"快去乡上供销社给奶奶买一根针!"告诉第二个孩子:"我向王家营的张有华大爷借了两分钱。帮我去还掉!"告诉第三个孩子:"三甲村的土地庙,奶奶许过愿,把这两分钱交给土地爷!"奶奶所说的三个地方,每一个都有五公里的路,她的意思是让孩子们在奔跑中取暖。三个衣衫褴褛的孩子,出了门,迎着狂乱的风雪,果然就撒开没有穿鞋的脚丫子,向着目的地跑去了。父亲、母亲和奶奶,他们都没有想到,三个孩子,跑着跑着就哭了。

派出所日记

一个浑身都是泥土的老人，从乡街子上走过。他头颅低垂着，步履匆匆，卖蔬菜的老妇人、从供销社买农药出来的一个秃头和坐在街边喝酒的几个中年人，分别跟他打招呼，他都没有停下脚步，头也没抬，只是用懊恼而又愤怒的声音告诉大家："我要去报案！"

那时候正是中午，阳光非常猛烈，派出所的小院中，紧挨着的几棵白杨树的阴影里，蹲着几个戴着手铐的年轻妇人。她们脸色苍白，头发凌乱，有着统一的疲乏的神情。其中一个有身孕，靠在树干上，放在腹部上的双手，不时用手指和掌心抚摸一下隆起的腹部。她们的目光都藏起来了，谁也不看谁，也不说话，明显是一个团伙，却又在刻意地制造谁也不认识谁的假象。报案的老人进到院子里的那一刻，值班的年轻女民警正在满脸堆笑地用极其严厉的声音询问她们："你们几个，谁想上厕所了？"本来，女民警还想说点什么，报案的老人已经迫不及待地冲到她的面前："同志，我要报案！"

女民警领着报案老人去了办公室，树荫里的几个妇人仍然木然地蹲着。时间稍久，有人用铐着的双手，费劲地捡起一张树叶翻来覆去地看，有人则用树枝撩拨地上的蚂蚁。她们比谁都清楚，派出所的小院肯定安装了很多探头，她们的一举一动，只要泄露出任何蛛丝马迹，都会被拍下来，进行认真细致的分析。在走上人体携毒这条死路之前，她们已经不止一次听说过，不管是阴沟翻船还是被瓮中捉鳖，贩毒的人被抓，几乎都是因为团伙内部暗藏着线人或分赃不匀而有人一怒之下出卖了集体。所以，从保命的角度出发，她们是一个团伙，更是与谁都没有瓜葛的个人，这是常识和底线，再愚昧的人都知道无条件地服从。现在，让她们困惑的是，从昭通到四川凉山这条秘密通道上，很多次她们一直是大摇大摆地就过去了，谁都没有想到她们的胃里藏着用避孕套装好的毒粉。每个人心中都在琢磨，这次真的很意外，还没看见对岸的船划过来，人刚到金沙江边，就被几个派出所民警围住了。为什么是民警而不是缉毒大队的人？她们中间谁会是出卖者呢？谁会是像刚才那个嚷着要报案的报案人呢？

她们注定是想不明白的。白杨树上飞来两只喜鹊，在树枝上跳来跳去地叫。紧接着，她们听见办公室传来了女民警长啸般大笑的声音，并伴着女民警一声接一声的"笑死我了"的叫唤。女民警的笑声还没停下，那个报案的老人已经气急败坏地从办公楼里冲了出来，嘴上骂骂咧咧的，一边掉头对着办公楼嚷道："你这儿不受理，我现在就去县公安局报案！"一边就气鼓鼓地窜出了派出所的小院。

树上的喜鹊叫得更欢快了,它们不时还张开翅膀自己给自己扇凉风,仿佛真有什么喜讯要告诉大家。女民警还没止住自己的笑声,端着一个茶杯从办公楼里走出来,笑声卡住了,喝口水,再笑,水就喷了出来,然后就弯下腰用左手捶背,嘴巴里还说着:"笑死我了,笑死我了……"几个妇人呆头呆脑地望着女民警,不知道那报案的老人说了什么,让她这么好笑。女民警笑够了,这才向她们走过来,清了清嗓子,问她们:"你们哪一个要上厕所?"没有意料到,话刚问完,她又大笑了起来,笑声把树上的两只喜鹊也吓得扑棱飞走了。

再说那个报案的老人,当他从派出所出来,走到乡街上,那几个喝酒的中年人还没有散,正喝在兴头上。其中一个,看见了老人,就大声地喊他,问他报什么案子。老人没有像自己所说的马上就去县公安局,而是坐到了酒桌边上,一句话不说,端起桌子上的一碗酒,仰头就一饮而尽,然后重重地把碗砸到了地上。几个中年男人愣了一下,没理他,又接着讲黄段子,喝酒。大家都知道,这个老人在二十年前做了一个梦,之后,一直没从梦中走出来。在那个梦里,一个仙姑领着他去了村子旁边的一个山洞中,发现山洞里全是成箱成箱的金银财宝。当他端起一箱黄金往洞外走的时候,仙姑不见了,山洞的大门也重重地关上了,他也被惊醒了。第二天,这个老人便发誓要找到那个藏宝的山洞。根据梦里呈现的场景，他选定了一个山头，然后就抛下家庭和农活，开始没日没夜地挖掘。他相信，他所挖掘的地洞迟早有一天会通向那个藏宝的洞窟。二十年时间，他的儿子都成家立业了，偶尔也到他挖出的地洞里来，给他送些日常用品，顺口劝他别干让人笑话的傻事了。但他什么话也听不进去，仍然不停地挖掘着，对任何人都说他不会放弃，他相信梦里的洞窟一定就在那座山头里。

叫住老人的那个人，出于好奇和好笑，又问老人："您今天去派出所报案，是什么事啊？"老人仍然一声不吭，他不希望这事还没了断之前就被人们到处去传说。老人没说，派出所的女民警站在几个用身体携毒的妇人面前，笑到终于没劲了，脸上的肌肉都麻木了，再也笑不动了，为了让几个妇人尽快排毒，免除人力难测的凶险，便将老人挖洞寻宝和刚才报案的事情一一说了。女民警一点也没感到意外，故事一讲，几个女人就大笑了起来，笑得人仰马翻，笑累了，纷纷去厕所里排出了吞服在肚腹中的毒品。

其实，老人这次来报案，说的并不是什么笑话。他说，他昨晚又做了一个梦，梦见他正在挖找的那个藏宝的洞窟，被一家矿业公司找到了，并挖走了那些财宝。他相信这家矿业公司之所以到这个山头上来开矿，缘起于他二十年前的那个梦和二十年来他不停的挖掘。为此，他觉得这家矿业公司应该把财宝还给他。

秋水生

出租房不隔音，赵启华躺在床上，自己扇自己耳刮子。隔壁的房间，女儿赵靓，正在与一个陌生男人行房，这个男人似乎有什么癖好，把女儿折腾得发出一阵接一阵的尖叫。

他又一次从枕头下翻出了一把红柄的水果刀，想杀人了。自从在建筑工地上摔伤，造成瘫痪在床以来，他一直想杀人，而他第一个想杀的，不是一个又一个的陌生男人，也不是自己，他想杀的是自己的女儿。他比谁都渴望死亡，也在心里一再地诅咒那些陌生男人，希望他们不得好死。可当他一次次将刀尖对准自己的喉咙的时候，听见隔壁房间女儿传来的呻吟或叫喊，他又放下了水果刀。女儿还没死去，他觉得自己就不能死。有几回，女儿侧身坐在床边上给他喂药或喂饭，他悄悄用左手把水果刀对准了女儿的后背，只差猛力一戳，他最终都心软了。他问过女儿："我们还有没有其他活下去的办法？"女儿不吱声。他劝女儿去山东寻找被人贩子拐卖的母亲："只要能把你妈妈找回来，我们就回乡下去住……"女儿正在读高中，知道"山东"不是一个小集镇，要从里面把母亲找出来，几乎是一件没人能办到的事。在来找她的男人里面，有一个据说是警察，她曾央求这个伙计，如果他能把她的母亲找回来，他可以天天来找她，一分钱也不要。那伙计想了想，说："我还是给你钱吧，你现在的情况，钱对你更重要。"

这一回，赵启华终于没有放过自己，听着女儿的一声声尖叫，他用水果刀毫不费劲地割断了自己的喉咙。等女儿送走客人，顺便在楼下的小吃店里给他买回一笼杭州灌汤包的时候，打开门，他已经死在了自己的血泊中。女儿没有报案，她只是叫来那个常来找她的警察。两人合力清理了赵启华的床铺，叫了一辆灵车，当晚就把他送到了殡仪馆。

站在殡仪馆的焚尸炉外，赵靓抱着父亲的骨灰盒，对警察说："以后，你别来找我了。我明天就会从出租房搬回学校去住。"警察摸了摸赵靓的一头秀发，把头偏向暗处，流出了几行眼泪。他本想告诉赵靓，她的学费，由他来承担。擦了眼泪，转过头来，看见赵靓抱着骨灰盒，已经走出了殡仪馆的大门。中秋的月亮，照着殡仪馆前边的放生池，在警察的眼里，池子里的波光，比月光更加明亮。

画红

一个傻子迷上了绘画。他画鹅,就把家里的鹅捉住,把鹅毛画成红色。画梨,就爬到梨树上,把能够抓住的梨都画成了红色。画牛,他在牛厩里忙碌了整整一天,把父亲的耕牛画成了红色。有个晚上,他想画鬼,把沉沉大睡的母亲画成了红色。他控制不了绘画的欲望,不分时间和地点,只要心里想画,就迫不及待地画起来了。家里的供桌、刀斧、农具、楼梯、屋梁、门窗、碗筷、衣物都被他画成了红色;猪、狗、猫、鸡以及房前屋后的蒜苗、白菜、葱花、萝卜,等等,他也一一地将其画成红色。他逮到的水蛇、蚯蚓、老鼠、蜘蛛,他捕到的麻雀、蜻蜓、蝴蝶和飞蛾,无一例外,也都被他画成了红色。他画不了沟渠里的水,就把原料泼到水里,水就变成了红色;他想画风,站在屋顶上挥舞着画笔,把屋顶画成了红色。他最想画月亮和星斗,就把家里的镜子搬到了菜地里,将镜子画成了红色,天上的月亮和星斗还是老样子。清明节,父母带他去给爷爷奶奶上坟,他把爷爷奶奶的墓碑和坟边的松树画成了红色。外婆去世的那天,父亲带着他守灵,他把外婆的黑棺材画成了红色。村口的土地庙被他画成了红色。乡干部来村里开会，他把越野车画成了红色。母亲带他去村委会上访，他把村长的帽子和会议室里的扩音器画成了红色。父亲带着他去山中砍柴，每一棵树桩被他画成了红色。他在田野上游荡，把他遇到的所有傻子都画成了红色。幼儿园的老师请他去给孩子们表演绘画，他把老师和孩子们全部画成了红色。父亲进城去打工，挣了一点钱，家里安装了电灯，他把电灯画成了红色；买了电视机，他把电视机画成了红色；买了一部手机，他把手机画成了红色。某日，两匹马在河堤上交媾，他把公马的阳具画成了红色；某日，阳光下跳来一群青蛙，他把青蛙画成了红色；某日，一只乌鸦在树上乱叫，他追着乌鸦跑，终于在报喜鸟的窝里抓住了乌鸦，把乌鸦画成了红色；某日，一根钢筋戳穿了他父亲的胸膛，他把钢筋上的血洗干净，把钢筋画成了红色；某日，邮差把所有的信件丢弃在草丛里，他把收信人的名字都画成了红色。他想把家门口的道路画成红色。他想把村庄里女孩子的屁股都画成红色。他想把舌头画成红色。他想把泪水画成红色。他想把无处不在的蚂蚁画成红色。他想把村口的旗帜画得更接近红色。他想把火焰画成红色。血红的红。他想在红色里加入更浓稠的红。他想把自己的头颅画成红色。在试图将白茫茫的雪地画成红色的那天，他冻死在了雪地里。他的母亲把他从雪堆中刨出来，从他的棉袄里掉出来的豆粒绵绵不绝，每一粒上面，都画满了红色的小人。

红色的背影

她在河堤上追赶着一群鸭子，频频弯腰去捉其中的某只。鸭子拍着翅膀跑得飞快，她的样子显得十分狼狈。母亲拦住她："你干吗追着捉我的鸭子？"她一怔，很快又松弛下脸上的表情："我想找到鸭子的主人，向她讨一口水喝。"

那真是一个阳光毒辣的中午，河堤两边的白杨和垂柳，叶片泛着灰白色，耷拉在空中，想落到地上来，变成灰。母亲领着她，下了河堤，来到我家门前。这是一个奇怪的女人，让她进屋，她拒绝了，站在门边上却又忍不住往屋子里转动着眼珠子。母亲递给她一瓢凉水，她昂起脖颈，一口气就喝光了。喘着气，她问我母亲："你能不能再给我一点儿吃的东西？"母亲有些为难，不吭声，用双手揉搓着衣角。"其实，我刚才准备捉一只鸭子，用火烧了吃。"说这话的时候，她斜眼看着我的母亲。母亲能觉察到这个陌生女人眼光中的邪劲儿和狠劲儿，但一点也不在乎。那些饥馑而又残忍的年头，母亲看见过一个陌生男人，他从身上抽出一把刀，挥刀就把村里一匹低头啃草的马的耳朵剁下来一只，用稻草烧了吃。看着眼前的这个女人，母亲冷冷地说："没事，你还可以把厩里那头牛烧了吃掉。"边说，边进屋拿出了几颗土豆，递给陌生女人，"不过，今天中午，你最好还是去找一堆稻草，把这几颗土豆烧熟了吃。"女人接过土豆，没有按照母亲说的那样去做，她直接将生土豆送到嘴上，啃了皮，咔嚓咔嚓就吃了起来。土豆上的泥土，在她嘴角形成了泥浆，她也懒得擦一擦。

母亲问陌生女人："你是知青吧？"

女人点了点头，然后用沾满泥土、土豆汁和口水的手，下意识地摸了摸自己的肚子。母亲这才发现，这个穿着红衣服的女人怀着身孕，而且她那漂亮的脸蛋上布满了一道道抓痕。母亲又给了女人十多颗土豆，女人把衣襟撩起来，兜住了土豆，说了声谢谢，转身走上了河堤。她没有朝着县城的方向回家，而是朝着更加荒僻的山区踽踽而行。母亲看着她红色的背影，叹一口气，想了想，提了只鸭子，朝着那个背影，追了上去。

过期的景象

现在,我们跟着太阳的脚步走,去天空。刚起步的时候,众多的景物是看不到的,阳光都被那些高不可攀的山峰挡住了,截留了,我们只能看见不与人世来往的白雪、专供云朵自由升降的悬崖和神灵排练雷电与风暴的山谷,人世间的寺庙只露出了一个飞檐和飞檐上的风铃。太阳移至山顶,朝着人世倾斜的坡地出现在了我们眼前,上面密布着江河的发源地,各种神灵的道场和寺庙金色的向上的钟声。仔细分辨,也能在一些鲜为人知的山梁上,找到那些下落不明的圣徒和探险家的遗骨。在神界与人世的交界处,遍布着古老的祭坛、纪念碑和止塔,寺庙的屋顶上堆满了不知来自哪儿的落叶。一个和尚在煮雪取水,一个和尚在念经,一个和尚在冥想。只有太阳来到中午的天空中,我们才会鸟瞰到石头山上的那个村庄。这个村庄的四周没有任何壁垒,向上暴露于光天化日,向下只有几口水井通向地心。来自四面八方的福音与灾难,村庄一直在接纳,从不拒绝。人们在石头中间的飞土上广种薄收,祭祀、煮酒、狂笑、啼哭,从不诅咒。稻草广场上,人们唱着《击壤歌》,知道世界有多大,但止于知道,明白未来很美好，但仅止于明白。唯一令他们困惑的是，去年落光了叶片的树木，今年又在落叶，树木的身体里有源源不断的落叶；去年开满了花朵的树木，今年又在开花，树木的身体里有开不完的花朵；村庄里的人烟一直稀少，每个家族都是代代单传。所以，当太阳开始西斜的时候，我们看见，这个村庄里的几个傻子和盲人，一人扛着一个石头雕出来的阳具，喊着口号，在村庄里游行。

哭丧

认识一个年老的戏子。在戏团时,她是青衣,唱《祭塔》《祭江》和《孟姜女哭长城》,在舞台上哭了一辈子,在别人的故事里,流光了自己的泪。退休后,无事可做,她就到公园去唱,可惜唱对手戏的人都是些初段票友,根本没法合作,唱了几次,兴趣就没有了。实在想唱了,就一个人上了妆,叫儿子开车把她送到荒山上去唱,为的是不让那断人肝肠的哭腔影响别人。有一天,她正在唱孙尚香听到刘备死讯后的江边《祭江》,一支送葬的队伍正好从荒山路过。人们放下灵柩,上了山顶,坐在枯草丛里听她唱。待她唱完了,人们先是给她鼓掌,接着便开门见山地问她愿不愿意入伙。对她说,你这么好的哭腔,人世上又有那么多的丧葬,不入伙就浪费了。大家都知道,眼下的乡村里,年轻人都到城里去了,一旦有人仙逝,连做丧宴、挖坟坑和抬棺木的人都很难找。如果死者的儿孙们又缺少孝心,只是个别人跑回来奔丧,其他人都以不能请假为理由没有回来,操办葬礼这样的大事,人手更加紧缺,甚至连哭丧和守灵的人都没有。因此,乡野中一些因为各种原因没有外出的人,脑瓜子一转,觉得这里面不仅有纸钱在燃烧,还有大把大把的人民币是可以挣的,就组织或建起了一个个"丧葬队"或"殡仪公司",专门替人们打理丧葬事务。只要儿孙们出上一笔钱,死者的陪护、丧衣制作、棺木置办、请道士超度、抬棺和下葬等一系列事情,他们都能进行一条龙的专业化服务,甚至连给死者净身、烧纸钱、哭丧和披麻戴孝这种只有孝子才有资格做的事,只要出得起价钱,他们也接单。这个行业的出现,出乎道德家们和乡村风俗捍卫者的意料,他们有条件地选择了接受,但他们没有想到,生意会这么令人不安地红火,"丧葬队"和"殡仪公司"不仅挣了钱,各种旌旗还多得找不到地方悬挂。"丧葬队"或"殡仪公司"里,除了行政人员和营销人员外,还有风水先生、孝子、哭丧、音响、灯光、美术、化妆、掘墓和抬棺等专职人员,行政人员和营销人员在大型葬礼上,还得扮演世戚旧僚,像影视剧里的群众演员。他们操办的葬礼,往往比那些由儿孙们操办的更像"葬礼",能把寂冷荒旷的乡村临时性地搞得气氛热烈起来,那些身陷于城市流水线上的孝子们,自然而然地也就乐于凑上一笔钱,请他们去操办,省力、省心、省事。对这样的丧葬服务机构,老青衣有所耳闻,也有人找过她,但她自恃是一个艺术家,没有动心,觉得自己一旦去做了专职的哭丧者,肯定会毁了自己一生的美名。可是,这一次,当为首的一个年轻人对她说:"你与其在荒山顶上独唱,为什么不去为苦难的亡灵哭上一次?再说,拿我来说吧,我为什么不去城里替人卖命并毫无尊严地去追讨自己的薪水，因为我觉得，能为那么多不孝子孙们安葬他们死去的亲人，这比做任何事情都伟大一百倍……"她觉得年轻人说得不错，尽管她也知道，这种话，眼前这个人说不出来，是背出来的台词，但她看在死者的面上，同意了。之后，老青衣很快就成了乡野葬礼上最炙手可热的哭丧者。她的哭腔，通过专业的扩音设备传播出来，常常让田野上耕种的人和道路上匆匆赶路的人，都忍不住泪流满面，一些濒临死亡的老人听了，更是为之哀声不断，纷纷预订她做自己的哭丧者。唯一的遗憾，老青衣老了，泪水干涸了，出现在葬礼上的时候，她的哭腔没有一家客户会说什么，但她脸上总是没有泪水，遇上花了大钱又吹毛求疵的客户，就觉得她是在唱戏，没有动真情。为此，她所在的"殡仪公司"给她做了一批逼真的水盈盈的塑料眼泪，哭腔一起，她就悄悄地挂到眼角上。这些塑料眼泪中，有一种还精心设计了一些红色的血丝在里面，老青衣往眼角上一挂，糊涂的人们还会说："你们看，这个哭丧的人，眼睛里哭出血水来了！"

冰面上的雪

儿子刚一生下来,她还没有从麻醉剂中彻底苏醒,浑身冷得直哆嗦,医生就用冰凉的语气告诉她,她和儿子,两个人都携带着艾滋病病毒,而且,儿子的生命体征非常微弱。

这是她意料中的结局,一点也不惊恐。从病床上挣扎着爬起来,把衣服穿好,束了束头上满是汗渍的头发,她这才接过护士手上抱着的儿子,看了看儿子天使般的小脸。她用随身带着的一件绿色破袄将儿子裹严实,掉头对医生和护士们凄然一笑,恍恍惚惚地就从医院里往外走。身上没劲,双脚免不了轻飘,不留神踢翻了走廊上的一个痰盂缸,她没有弯腰去打理,照直走向了楼梯。没有人劝她留在医院里静养,对她怀里的孩子似乎也缺少同情心,走廊里的人,一句话也没说,个个贴墙而站,直到她消失在楼梯的转角,才有人聚在一块儿,低声交流起来。下到楼梯最后一个台阶的时候,她走不动了,就坐在台阶上喘气。医院大门外吹进来的风,让她打了几个喷嚏,还把她的头发吹乱了,她侧了侧身子,紧紧地捂住怀中的儿子,靠到了楼梯的扶手上。当她拉着扶手站起来,抱着儿子走出医院,人们发现她坐过的楼梯台阶上，留下了一片血迹。

出了医院，天上还在落雪。医院门口，报刊亭里的老妇人看见她落在雪地上的一滴滴鲜红的血，嘴巴和双眼都张大了，头颅随着她的身影移动而移动。她走远了，老妇人的嘴巴和双眼仍然没有恢复到正常状态，也始终没有找到其他更能表达自己愕然的肢体语言。流着血进入医院的人，见得多了，流着血，一个人抱着新生儿离开的人，老妇人还是第一次碰上。

一辆出租车，顶着厚厚的积雪，主动停在她的身边。司机摇下窗子玻璃，伸出头来，嘴巴里呼出一团团白雾，问她要去哪儿。她跺了跺脚，把鞋子上的雪抖掉，然后用空洞洞的眼睛望着司机，本想说，我想去地狱，你送我去，但又忍住了，木然地摇了摇头。出租车排出一大团白雾，把她罩住了。站在雾里，她真希望这雾不要散掉，就这么罩着她，让另外的车辆冲过来，把自己连同儿子一起撞死。不过，这瞬间的念头，就像白雾一样，很快就散了，她横穿过大街，折入一条小巷，朝着废墟的方向吃力地走着。途中，儿子哭了几次，显然是饿了，她想停下来给他喂奶，望着越下越大的雪，却没有照自己的想法去做。

这个城市不大，冒着寒雪在街边上卖烧土豆、卖皮帽和手套、卖假烟以及游手好闲的很多人，其实好多个她都认识，以前见了，总会打个招呼。可自从丈夫死于艾滋病的消息传开之后，人们看见她，总是躲开、装作不认识，有的还会朝她吐浓痰。她不怪罪任何人,也不对谁抱希望,她知道,这个世界不要她了,把她开除了,盼望她尽快消失,消失得不留半点痕迹。同时,她也感到,生活在这个世界里面的人,因为谁也不敢触碰她,总是与她保持着长长的距离,仿佛真的又把整个世界腾空了,给了她一个人。开始的时候,这种感觉令她无所适从,菜市场、街道、楼房,自己可以毫无顾忌地做一个闯入者,但它们又丧尽了具体的现实意义,只要自己一伸手,想去抓住什么,世界就会朝后退,她什么也抓不住。当她像一个修理工那样,把"艾滋病"这三个字笨拙地拆散开来,她发现它们的一笔一画不是锈迹斑斑,而是像一根根高压电线,不需要任何形式的触碰,就能嗅出浓烈的死亡气息。她甚至觉得,这三个字的每一点、每一横、每一竖、每一撇上面都藏着一位阎王,足以让人死,也足以吓跑任何一个人。因此,作为一个与世界无冤无仇的女人,她相信自己乃至儿子的名字已经被阎王从生死簿上划掉了,自己还能做的事儿,就是主动从人世中隔离出来,别再给人世添麻烦。不会有人知道她对人世所抱有的慈善,但她会持守到自己死去的那一天。如果还有什么难以放下的话,就是怀中的这个儿子,她在流产与生育之间权衡过,流产意味着预支死亡,生育则是人为地把死亡往后推延几年。她选择了生育,其实就是想让一个注定要迅速毁灭的生命有机会看一眼世界,看看世界之后再无望地死去。她本来就是一个遭到世界遗弃的人,不是没有考虑到儿子一旦生下来就必须承受被遗弃的命运，而是天生的母爱在作祟。她自问过，哪一天自己死了，这个无人敢收留的儿子该怎么办？这是一个没人能回答的问题，她自然也回答不了。半年多来，她腹里装着儿子，背上背着丈夫的骨灰盒，在这个城市郊外最荒僻的一座废墟里以拾荒续命。几乎每个晚上，对着骨灰盒说话，最后一句她都是在问，我该怎么办啊？昨天晚上，废墟上大雪飞舞，她的肚子开始了一轮接一轮撕裂般的疼痛，她意识到儿子就要出生了，背靠着一堵断墙，她的原计划是将儿子生在丈夫的骨灰盒旁边，让儿子知道，自己有父亲。可她没有想到自己会难产，疼痛迫使她发出了一阵又一阵惨烈的喊叫，接着她便昏迷过去了。当她恢复意识的时候，她躺在手术室中，医生正在给她注射麻醉剂。

出了城，站在路边的一棵梨树下，她腾出左手，把头上和身上的积雪拍了拍，身上的雪落到地上，听不到一点声音，倒是梨树上响起了喜鹊的叫声，吓了她一跳。她下意识地抬头看喜鹊，却又看见有一只乌鸦也栖在梨树上。喜鹊和乌鸦同时出现在一棵树上，她以前没见过，喜鹊一声声叫着，飞走了，随后，一声不叫的乌鸦也飞走了，惊落下来的雪，又落了许多在她身上。拍了拍身上的雪，她继续朝着废墟走去，途中，一个结冰的池塘边有一个石墩子，她抹去积雪，在上面坐了很久。雪花不停地扑向池塘的冰面，同时扑向四周的山丘和田野，但因为她一直凝视着冰面，整个世界的雪似乎都集中到了冰面上。它们累积在一起，为冰块增高，冰块也顺势冻结它们，将它们自由的飞舞、无尘的洁白和经不住任何挑战的天真，一一地归化为零，形成与天地对接的无边的洁白。这个池塘，她以前每天都要经过，水不多，而且又黑又臭，是城市排放各种垃圾的场所之一，除了她和另外几个拾荒的老人，基本很少有人光顾，即使必须路过，都会用纸巾死死地捂住鼻孔，一闪而过。她一动不动地坐在石墩子上，雪花把她和儿子也染白了，仿佛那石墩子在一夜之间长高了，变成了一尊圣洁的母与子雪雕。其间儿子在雪被下，用微弱的声音哭了一次，她没有听见，就像她永远不可能听见黑暗的冰块不断地抬升的声音。她不知道，那一会儿，她的儿子也变成了冰块的一部分，冰块已经带走了她身体之外的一切。所以，当她重新站起身来，朝着废墟走去，她抱着的不是儿子，而是一块再也不会哭泣的冰块。

按照内心慈善的人们的想象，这个女人，当她回到废墟中，在她平时居住的断墙下的窝棚前，一定坐着那几个与她一起拾荒的老人。而且，头天晚上，正是这几个不惧怕死亡或说已经死过很多次了的老人，听见了她的惨叫，然后把她送进了医院。现在，又是这几位老人，给她燃起了一堆柴火，还在她丈夫的骨灰盒上放了一筐鸡蛋和几块红糖。在这个想象的场景里，她得到了一份人世的问候与安慰，绝路之上响起了安魂曲。然而，事实并非如此，她去到废墟，只是为了把丈夫的骨灰盒背到背上，那儿一个人影都没有。然后，她穿过废墟，走向了白茫茫的原野。她丈夫是如何患上艾滋病的，是一个谜团。她产子的晚上，是谁将她送到医院去的，还是一个谜团。按照我们身边频频发生的无头无尾的悲剧模式，对这个悲剧进行还原，可以肯定的是，那一天，她在雪野上继续行走，背上是丈夫的骨灰盒，怀里是已经变成了冰块的儿子，走着走着，走到一个人迹罕至的地方，她的血流光了，便抱着丈夫和儿子咽下了人世间的最后一口浊气，大雪悄悄地埋葬了他们。这样的结局令人心颤。更令人心碎的是，几个月后，一个拾荒老人说，这个女人死在了离废墟不远的一片松树林中。她先是埋葬了丈夫的骨灰盒，然后，斜靠在坟头上，敞开衣襟，把两只乳房露了出来，让儿子的一只小手，象征性地抓住她的一只乳房，儿子的小嘴，则象征性地含住另一只乳房的乳头。

山为陵

家中的几口人就将成为饿殍,家居困虎山的刘兴旺,私开了一座小煤窑。他用一条木船,装了偷挖的煤炭,顺金沙江而下,销往四川。一天深夜,天上的月亮泛着红光,困虎山以及金沙江对岸的四川大凉山,一个个山头,像成千上万的怪兽,披着暗红色的外衣,冷冷地蹲在高原上。刘兴旺穿着黑衣服,背着箩筐,手上拿着拐杖和锄头,从村庄里悄悄地溜出来,爬上了困虎山的一个山坳。他非常警惕,猫着腰看了看四周,又坐下来抽了一支烟,站起身来,再猫着腰,看了看四周,确认没有任何异象之后,才将一堆草垛移开,钻进了只堪容一人爬行的煤窑。山坳里虫声喧哗,零零星星的几棵松树,在月光里似是而非地燃烧着,周围的山茅草,举着巨穗,无风摇曳,体内的火苗高出了自己。一刻钟之后,几只夜鸟突然飞起,从暗红色的冈丘后面,跳出来几个持枪的基干民兵。这几个家伙先是把预先准备好的一麻袋红辣椒,混进草垛里,再把草垛一捆接一捆地点燃,一一地扔进煤窑去,然后才用石头,结结实实地把煤窑口封了起来。

三十年后,刘兴旺的儿子刘春海,开煤矿发了财,买下了困虎山。他不是为了再挣更多的钱，他相信只要把困虎山掀个底朝天，就一定能找到失踪的父亲。他的想法是对的，尤其在那几个已经垂垂老矣的基干民兵的眼中，他轰轰烈烈的移山运动，不仅可以找到父亲的遗骨，还可能让那具窑洞里的骷髅重新活过来，重返人世，与他一起，在垂死者中间寻找隐匿的凶手。刘春海手底下的矿工，不分白天黑夜地在困虎山上挖掘着，轰天炸地的机鸣声，让困虎山上的人心烦意乱，难以入眠。人们对刘春海的行为并不反对，但私底下颇有微词。在浩浩荡荡的金沙江峡谷中，有人下落不明了，有人不明不白地死了，从来没有引起过持久的追问，人们连自己的生死都毫无把握，甚至连自己是生还是死都无法弄清楚，一个三十多年前失踪的人，自然引不起人们关注的兴趣。有对夫妇在半夜的床头，男的问："这挖掘机的声音，像不像锄头挖在骨头上？"女的叹口气，答非所问："你说这刘兴旺他去了哪儿呢？如果说他真的死了，干吗三十多年后还让我们不得安生！"那几个基干民兵，当年叱咤风云，后来也没有得到生活与时代的优待，他们有的耳聋了，有了驼背了，有的患上了不知什么病的病，有的成了孤寡老人，他们活在人群中，与下落不明的人相比，其实并没有什么区别。看着困虎山根本抵挡不了挖掘机的突进，有一天，他们聚在了一起，稍做商量，便去找到刘春海。他们没有坦然地说出刘兴旺的死亡过程及葬身之处，而是把刘春海带到山脚下，指着当年刘兴旺私开煤窑的山坳说："大侄子，你看我们几个人都快死了,没什么盼头了,你就把这山坳留给我们做墓地吧!"刘春海心头一震,抬起头来,顶着刺目的金灿灿的阳光,看了看那个山坳,他知道历史上这几个老人扮演的角色,但还是点了点头,同意了。山坳上的那几棵松树还在,三十年了,并没有长多高,也一样地似是而非地燃烧着。

之后的几年间,山坳上陆陆续续多出了几座坟墓。刘春海一直想爬上去看看,但每一次走到山脚下,又打消了念头。谁也说不准,到底要到什么时候,他才会把推土机和挖掘机,开到那个山坳上去。

江水

江上要修电站,淹没区的人都要举家搬走。要搬走的,还有一座座祖上的坟。

刘一亮在东莞长安镇上打工。接到家里的电话时是晚上,当时他正与几个工友在宿舍里"斗地主"。刘一亮对赌钱本来不喜欢,一是怕输,二是工作太累了,心里总觉得,一旦有时间,自己就应该蒙头大睡,好好养体力。但自从来到东莞,每到晚上,刘一亮都无法入睡。干再苦再累的活,再筋疲力尽,走在厂区路上时他都有就地躺下睡一觉的愿望,可只要往床上一躺,睡意就没了。工友中,有大学中文系毕业的小伙子,曾告诉他凯鲁亚克说过的一句话:身体疲乏而大脑极度亢奋,就是垮掉。他们理解的"垮掉"是两个不同的概念,他只是觉得身体里的骨头正一根接一根地抽空,而脑袋里则一蓬接一蓬地长出老家的树木,枝丫乱伸,戳得他颅骨生疼。有一阵,他似乎也弄明白了,之所以晚上难以入睡,是因为听不到江水流淌的声音。那声音他听了几十年,像他的魂儿了,到了东莞,江声没了,他的魂儿也没了,没了魂儿,身体自然地就飘起来了,睡不着了。来东莞之前,刘一亮哪儿也没去过，白天打理田地，晚上就回江边的小屋，吃完饭，一家人便上床睡觉，屋后的江水声，就是催眠曲。

不能入眠，同舍工友们又喜欢玩纸牌，刘一亮先是旁观，看会了，也就加入进去了。那晚，他的手气很好，赢了几十块钱，正在想着找个借口开溜，没想到乡政府的电话就打来了。对方问："是刘一亮吗？"他说："是。"接下来，工友们就看见，刘一亮的脸色一下就白了，手抖得厉害，握着的牌掉到了地上。电话说到最后，他的眼泪出来了，很绝望的样子。刘氏家族曾是江边的望族，民国时期有上百户人家。江边人都知道，刘家营的人山上种鸦片、江上运铜铁、路上赶马帮，富甲一方。但是，某一天，一股四川流窜过来的土匪，进了刘家营，见人杀人，见房纵火，一个大家族，除了刘一亮的爷爷外出钓鱼得以幸免而外，全都死于非命。土匪走后，得邻村人相助，刘氏坟山上一下子增加了几百座新坟。

刘一亮的爷爷后来娶妻生子，却只生下一个男丁，男丁长大又娶妻生子，也只生下刘一亮这个男丁。在电话里，他对着电话那边的人说："就我一双手，怎么挖得开那么多的坟、捧得走那么多的白骨？"奇怪的是，那一晚，和衣倒在床上的刘一亮睡着了，睡得很死，仿佛宿舍楼后面奔跑着一条大江！

第二天，刘一亮请了假，踏上返乡的旅程。山一程水一程，回到江边，路过一个个村寨的时候，刘一亮觉得自己来到了世界的另一面。拆庙的人用绳索绑住偶像抬着往山顶走；被揭掉盖顶的老屋里坐着发呆的白发老人；那些挖自家祖坟的人赤着上身，飞溅的汗液滴落在一根根白骨上……入家已是深夜，两个孩子睡了，妻子还坐在门边上等着，见到刘一亮，问："吃了没有？"得到回答后便到厨房热饭去了。放下随身带的一个破旧的双肩包，刘一亮坐到厨房门边的草墩上，先是叹了一声气，点燃一支烟，这才将自己在路上想出的办法跟妻子说，有征求意见的意思，但妻子只顾着热饭，没吭声，大抵也就是说，除了这样，还能怎么样？

当夜，屋后涛声鼎沸，好像有成千上万的孤魂野鬼在水面上跑着、喊着，刘一亮却怎么也睡不着，在家中的佛龛下坐了一夜。天亮了，叫上妻儿，把一头牛、几头猪牵了，往集镇而去。接下来的日子，他把卖猪卖牛的钱和自己在东莞打工挣的钱，除了留下返回东莞的路费而外，全用来请人挖坟和买土罐子。几百座坟，一一挖开，骨头装进土罐，先运回家中，堂屋摆不下，卧室、厨房、猪厩都摆满了，又往门前的空地摆，请来为之超度的老道士，见那阵仗，腿都软了。一生为亡灵超度，从来没有一次性送这么多。老道士念了一夜的经，几百个土罐子这才被背上高高的山顶，分不清谁是谁，胡乱而又悲情地埋成几十排。刘一亮觉得，埋在山顶，刘家营被水淹没了，他们还可以看见白花花的水。

人们都在说，电站修起来，这儿的人们就会过上幸福的日子。

刘一亮不想等那一天了，在新埋的坟地上大醉一场后，领着一家人，去了东莞，发誓再也不回来了。走之前，老道士向刘一亮借房，说江边要他帮助的人多，想住到江水升上来之时。刘一亮一脸苦笑，点了一下头，什么也没说。在他看来，江水早就淹没了一切。

失重

一

李有杰、宋田夫妇,一直在姚安老家守着一个村庄拍纪录片。几天前,由麦田书店老板马力领着,来我办公室喝茶。两人都不善言辞,实在、执着,身上的发条拧得很紧。几轮闲话后,打开电脑,便让我们看他们的两个纪录片,一个初编完成,一个正在编辑中。完成的那个片名叫《阿佬的村庄》,正编的那个还没有名字。村庄都是用来离开的、回不去的,也是用来凭吊的,奶奶、父母、形态各异的老人以及打工返乡的中年人,真实但又如皮影,庄严但又荒诞不经,都有一团团浓烈的尘灰笼罩。

我有着相同的故乡记忆,有几个细节,让我泪流。但让我有如利剑穿心的,是李有杰、宋田夫妇没有拍到的一个场景:某个老人,苦心抚养的几个儿子都在城里工作,但自己老无所依,儿子们都像去了战场一样下落不明。老人活不下去了,带了瓶农药,自己走到坟地上,喝药自尽。村里人发现的时候,老人的尸身已被狗群撕吃过半……为了类似的生活现场，李有杰和宋田，经常抱头痛哭，但在纪录片里，活着的老人们讲起这种事，见怪不怪，叹息一声，便是死一样的沉默。而死、死之前的失重，对他们来说，根本不是什么解不开的心结。

二

认识一个人，很多年了，但已断绝来往。他的故事千奇百怪，总有人四处传播。这儿说一则：在昆明东面的一个山谷里，这人投资修建了一座小庙，并找了个能说会道的人打扮成居士，天天守着。对外人说，建庙的原因是自己发财了，要积德，让散落的神灵归位。私底下，庙建起后，这人动用新闻学，处处宣传，广招信徒。庙建得比较粗陋，门外的功德碑却立着一大排，广东人某某捐多少、福建人某某捐多少、北京人某某捐多少，全是杜撰。

每天晚上，这人都会驱车去一趟庙里。功德箱的钥匙，连那居士也没有，就他可以打开。开箱，取钱，走人，从不给菩萨上香，这人心安理得。居士曾说，庙门边有怒目金刚呢，上上香吧。话没说完，他已轰响了油门。让知道这座庙背景的人稍感欣慰的是，后来，这人与居士闹翻了，居士不辞而别；再后来，由于香火不旺，功德箱里常常是空的，这人把那些泥菩萨折价卖给了山民，关掉了庙子，像关掉一个亏本的商场。

溶洞里的集市

县剧团的宿舍楼，民国时是一家妓院，每家每户的窗子，要么对着江边的码头，要么对着人头攒动的汽车站。张曼韵的先生在县政府供职，另有住所，但她是剧团的女一号，为了让她排练后有一个休息的地方，剧团把一楼的一个单间给了她。这个单间没有窗户，潮湿，幽暗，像个溶洞，传说以前是用来关锁付不起银钱的醉鬼的。

宿舍楼是一个四合院，天井里拉了几根铁丝，天晴的时候，演员们在上面晒戏服。张曼韵很少把戏服挂到铁丝上去，她在剧团里临时休息和过夜，只会把一条粉红色的背心挂在门边的一颗铁钉上。看到背心，人们就知道她在剧团里。剧团专业上的事情并不多，每年的几场晚会、到乡下去的慰问演出和偶尔的省市文艺汇演，节目都是那几个，有些变化，也是换汤不换药，最大的变化，无非是那两个独唱演员，今年唱首什么歌，明年换了另一首什么歌。张曼韵的"女一号"身份，源于她的独舞和与男一号的双人舞。独舞和双人舞模仿的都是著名舞蹈家的作品，断章取义的民族符号，空洞虚假的主旋律，其艺术价值约等于零，之所以存在而且受到人们的欢迎，因为县城和县城以下的集镇需要它们，在落实和宣扬一系列的文件精神时，需要它们鸣锣开道或进行"艺术化"的诠释。张曼韵有着舞蹈家常规性的身材，而且吸附了丰盈的人间烟火，凸凹有致，温婉甜美，没有那些具有艺术梦想的舞蹈家所持有的偏执、疯狂和神经质，使之在舞台上和生活中都光彩照人。

在她结婚之前，县里的头头脑脑、各单位的头面人物和地痞流氓，很多人都对张曼韵心存幻想。她的那间没有窗户的黑屋子，四周都有"码头"和"汽车站"，沸沸扬扬，人来人往。但出乎人们意料，有一年秋天，张曼韵悄悄与一个县政府里沉默寡言的人结了婚，并没有选择任何一个闪闪发光的人。生活平静，绯闻不断，日子里透出一种自足、倦怠和不安组合而成的气息。她怀孕了，休产假了，就会在舞台上消失一阵。又出现在舞台上，身材照旧，身体语言更贴心，对她抱有幻想的人依旧坐立不安。不过，当她的第三个孩子出生后，人们发现，她舞姿里有了一种颓荡的味道，目光里多出了一股邪劲。之前，跳舞的时候，长裙的吊带滑下，露出半边乳房，她会迅速拉起，现在则不在意了；与男演员跳双人舞，有身体接触，以前都是象征性的，现在则有了假戏真做的意思。这种变化，县里的一位领导注意到了，酒桌上就跟张曼韵开玩笑："曼韵啊，宣传政策，你的一个舞蹈或者说你的身体，往往比一个宣传科更能出成绩，老百姓见了你比见了我还开心，让人高兴的是，一段时间以来，老百姓越来越开心了……"

老百姓开心了，难说部分县领导就不开心了，当然，也许最不开心的还是张曼韵自己。有一天，她来到江边的码头上，别人以为她是来看船儿靠岸或离港，没想到，在码头上坐了一阵，她就跳到江里去了，被几个巨大的浪头很快地就带走了。几天后，她的丈夫到县剧团清理她的遗物，她门边的铁钉上还挂着一条粉红色的背心，而且，她的丈夫看了一眼背心，没有取走。剧团里有个别女演员与张曼韵生前交情不错，曾经见到过张曼韵的两个儿子和一个女儿，据这个女演员说，三个孩子的长相，没有一个像父亲，都像谁呢？分别像剧团里的三个男演员。这种说法是否可靠没人知道，因为张曼韵死后不久，她的丈夫调走了，没人再见过那三个孩子。

大戏

电影、电视、流窜于乡间的草台班子演出的杂剧,以及各级歌舞团到乡镇上来演出的歌舞,人们都统称为戏。而且,无论这些剧目耗时如何久长,主题如何宏大,演员阵容如何豪华,人们都觉得是小戏。

他们一直在等一场大戏。许多老人已经濒临死亡,有的甚至死过了很多次,但又活了过来,顽强地撑着,只为看那一场大戏。他们坚信,这一场大戏,是谁都无权取消的,是肯定要上演的。张松江年轻时被人敲开天灵盖吸食脑髓;刘思伟刚刚出生就被人偷换了血液;赵吉成躺在家中酣睡,一觉醒来,发现自己的眼角膜已经被人取走了;胡永丽从来不知道自己的贞操是如何丢失的……在这个移民居住的村庄里,人们羞于议论道德、礼义、廉耻,至于人格、尊严、信念,就像无人的山谷中的野果,结满了枝头,又落到了地上,一颗不剩地腐烂了,化成了尘土。他们的生活不像外界所说的那样丰富多彩,生机勃勃,充满了改天换地的豪迈气象。耕作之余,他们只唱一首歌,歌词非常简单:"一二三,三二一,一二三四五六七。"晚上睡觉,用结扎了的生殖器官交媾之后，他们做的梦也是同一个，他们反反复复地梦见，在高高的山顶上面，有一个人从初升的太阳里面爬出来，浑身闪着不灭的金光。在梦里，他们每一个人都想跟这个人握一下手，说上几句话，但这个人没有给过他们一次说话的机会。他们只能扯着嗓门大声地唱歌："一二三，三二一，一二三四五六七；一二三，三二一，一二三四五六七……"循环往复，唱得河山沸腾，唱得连乌鸦都变成了喜鹊。他们在梦里热泪滚滚，每天早上醒来，枕头总是被泪水浸泡着的，用手一提，就像从大海里捞起一具具溺亡者的身体。

很多年来，移民村里，有很多人死在了梦中。人们把这些生命在歌唱时戛然而止的死者从梦里拖出来，他们的尸体没有一具是冰冷的，无一例外地滚烫发热，每一个器官，全都衰竭了，阳气耗尽，但都又散发着老虎与雄狮的气息，一根根骨头，都会膨胀为大象的骨头。没有一个死者的眼睛是闭上的，他们的目光仍然像射出去的快乐的子弹。那些嘴巴也一律张得很大，每一个死者都是高音区的帕瓦罗蒂。人们将死去的人统一埋葬在烈士陵园中，石头垒起的坟墓会自行长大，长大成一座座布满松树和梅花的山冈。张松江、刘思伟、赵吉成和胡永丽，偶尔会不约而同地出现在一座座山冈上。他们之间也没有什么话可说，见了面，就分别从怀里拿出一柄钢刀，玩起刀劈蚂蚁的游戏，看谁的刀，劈死蚂蚁之后，蚂蚁的尸身还恋恋不舍地粘在锋利的刀口上面。

他们都在等那场大戏。有人曾动过念头：拿走他们等待的权利。他们欣然接受了，他们觉得那将是大戏的序幕。移民村里的人们备下了锣鼓、鞭炮、美酒，很多人还给自己预订了棺木、挖好了墓穴、私刻了碑文，但什么动静也没有。

背巨石下山

在翻滚的乌云或白云下面,有一个村庄名叫德泽古。里面住着的都是盲人。村庄的右边是一座巨石累累的高山,左边则是一个深不可测的万人坑。很多年以前,一个神秘的慈善机构,花了很多万两白银,在高山和万人坑之间,修筑了一条宽阔的盲道,并设立了一笔数额巨大的基金,以便支持一代又一代的盲人,从高山之上背巨石去填充万人坑。

"德泽古"是彝语,还是苗语,没有人知道,翻译成汉语又是什么意思,一些文化人类学学者一次次拦住背巨石的年老的盲人询问,每个盲人都是先翻翻白眼,然后喘着粗气,背着巨石向万人坑走去。这是一支自己看不见自己的队伍,对累死在路上的同伴或者亲人,他们只能用手去触摸。死亡是什么形状、什么颜色,是怎么来临又怎么走掉的,他们谁都表达不了。他们从来不给死去的人修筑坟墓,尸首也是石头,背到万人坑那儿,用泉水洗一洗,包上一层布匹,便扔了下去。也有的人家,会把这骨肉做成的石头烧成灰,一把一把地撒,让巨石山上吹过来的风,将它们吹过万人坑的坑口,飘到他们没有到过的地方去。有时候,万人坑里也会吹出强劲的风暴,伴着天空的闪电与雷霆,将抛下去的尸首吹到空中,如巨鸟一样飞翔。这种飞翔的尸首,飞离了德泽古村的顶空,去到另外的村庄顶上,风暴突然停息了,就噼噼啪啪地往下落,落在人们的房顶上、学校的操场和花园里。当然,这些村庄里一代又一代的人们,同样知道这些尸首的出处,把尸首收集起来,围坐在尸山四周,喝酒、唱歌,昼夜不息地狂欢,等到风暴又起的深夜,便把尸首抛向空中,让风暴把它们带回去。

曾经有人丈量过巨石山的高度,也有人下到万人坑里去探险,但这些人都没有准确地测出山有多高,也没有触及万人坑的坑底。他们只测出了盲道的长度,在盲道的两边种上了松树、竹子和梅花,每隔一公里就修一座凉亭。如此一来,天底下热爱松竹梅的人,从四面八方赶到了德泽古村,雅集、野合、找寻神交已久的人、即兴赋诗,快乐地把德泽古当成了世外桃源。他们放浪之后,就坐在凉亭里观看盲道上背着巨石来来往往的盲人。如果夜晚的天空下起细雨,万人坑里磷火如星光般灿烂,他们打着红伞,站在万人坑边,像看烟花一样观看磷火。这种时候,盲人们都回家睡觉了,盲道上死一般寂静。这样的寂静,他们在但丁的《神曲》里碰到过,还能在与这样的寂静相配套的夜色中,看见另一支没有人形的影子队伍。借用万人坑磷火的光芒,影子们一身血红,同样在干着背巨石下山填充万人坑的活计。它们浮在空中,背上的巨石压弯了它们的腰,没有传说中的腾云驾雾,一个个影子步履沉重，都仿佛撑不住了却又顽强地行进着。在外来人的眼睛里，它们把与人世对应的另一个世界像梦境一样呈现出来了。用不着具体地去调查和考证，影子也是盲目的，它们常常被天空里的云团和冷风绊翻，被正在下着的细雨淋湿身子。有好奇的人跑到盲道上，昂着头仰望影子，从影子身上落下来的汗水和血水，把他们的红伞敲击得咚咚响。偶尔，也有影子在空中死去，背上的石头落到人世，把平坦的盲道砸出一个又一个大坑。

丁观鹏是清朝时的著名宫廷画家，受乾隆之托，来到德泽古村，他的任务是在村庄的每一堵墙壁上画满《莲座大士像》。在德泽古村，他一住多年，却又觉得只是"俄顷"之间。他并没有按乾隆的意思去办事，而是混迹在盲人群里，背巨石，填万人坑，只在深夜的时候，才铺绢作画。乾隆有一个爱好，经常随身携带着一个小小的"百宝箱"，里面装着精心装裱的小巧玲珑的手卷及文玩，一有空，就拿出来欣赏和遣闷。这些手卷的尺寸大多数为纵20厘米、横50厘米左右，样子可人极了。丁观鹏为这种手卷而生，在德泽古村，他把磷火收集起来，装在一个琉璃瓶里，在这种光的照耀下，除了画出惊骇世俗的《烂柯仙迹图》而外，还以盲人为题材，像画连环画一样画了一大批《盲人负石图》，捎往京都，供乾隆皇帝开心之用。在乌蒙山区的一本野史里，丁观鹏有着伟大的沉默，从他来到德泽古，到他离开，他都是一个哑巴，没有开口说过半句话。村庄里的盲人，没有任何一个知道他来过，更不知道自己背巨石的形象，活在了他的绢本里，后来又在宫廷的一场大火中化为了灰烬。这部野史还说，丁观鹏后来所画的天国景象，应该也取材于德泽古，这种说法不是无稽之谈，但也无法坐实。

人们普遍认为，山上的巨石迟早会被搬空，万人坑也迟早会被填平，但对德泽古村的居民来说，真理是可怕的，他们并不希望那一天在几千年甚至几万年之后突然来临。他们希望自己的子子孙孙永远有一条盲道，背巨石下山，填充万人坑，这样的活计，他们没有想过要放弃。

暗夜中的山水

对夜空里的云朵感兴趣的人，会在别人睡觉的时候爬到山顶上去。研究蓝黑色天幕上的云朵之后，他也会顺势研究一下山水。人们都以为天黑之后云朵就消亡了，像一群人死于战乱和饥荒，死于瘟疫和无光。其实，云朵仍然在天空里自由自在地飘荡着，就像天堂或地狱存在于人世之外。也可以说云朵仍然飘荡在我们没有洞悉的另一个世上。同样的道理，暗夜里也有山水，在那个研究夜空之云的人眼中，这样的山水尽管多出了无数的渊薮，可它并没有改变其本质。是的，这种山水更接近水墨，而且黑多白少，黑是真的黑，白则是想象出来的，不是那种被涂黑了之后还存在着的白。

他问一个从黑暗的江水里爬到岸上来的陌生人："我能听见波涛的声音，你敢保证它们真的来自江水？"陌生人回答他："我没有听见任何声音，我一直在打捞山上滚下来的石头。"

他们彼此之间再没有搭理对方。一个人的脑瓜子里波涛滚滚，另一个人则在梦中看见群山倒塌。按说，在这样的晚上，山水间会出现搅局的第三个人，哪怕是一个亡命天涯的案犯都可以，但这个人一直没有出现。天幕上，黑色的云朵后面，似乎有人厌倦了这董其昌所说的"梦中山水"，他们置地上的两个人不顾，用同一个颜色的星斗作棋子，开始下一盘永远不会出现危局的大棋。我们所说的天文学其实是一门一厢情愿并且不得要领的学科，穷尽"宇宙奥秘"的说法，在下棋和观棋的人看来，纯属痴人说梦。人们对一些有限的星斗进行命名，比如太阳、月亮、北斗七星，还把星斗密集的地方称为银河，这种命名是荒诞不经的，是天上的笑料。在两个棋手的手中，太阳和月亮这种发光体不是只有一颗，而是无穷数，要多少就有多少。我们的卫星、宇宙飞船、登月行动、空间站、火星梦想以及"星空战略"，其实绩虽然已经足够写成一本本夸夸其谈的教材或文学领域的不朽之书，但是，在本质上，下棋的人仍然把这种行为等同于诗人李白书写的《夜宿山寺》，"手可摘星辰"，是天上人的事，人世间的言行一直是童话。

他和那个江上来客，都不知道自己被遗弃了的事实。他们互不说话，一直在内心用眼前的山水去对应星空。在这期间，天地间的颜色一再地黑白交替，神鸟多次飞过头顶，怪兽多次出没于山水，他们一点儿没有发觉，这些神秘的信使曾经给他们带来过一线生机。

温州来信

出了村子,他在尘土飞扬的路上走着,准备找一个无人的地方,静静地坐一会儿。没完没了的墟中故事,几乎都关涉死生与屈辱,没有碰上一件是让人开心的,他得在别人的哭诉与哀求之后,把自己从这些故事中拿出来。春风吹起了村子里所有的垃圾,红色、黑色和白色的塑料袋,形形色色的破衣物,大小不一的纸片儿,不同形状的植物叶片,它们在空中上下飞舞,像这个时代不知所往的怪鸟。地面上,各种金属、塑料和玻璃的饮料瓶、酒瓶、化妆品瓶,没有飞到空中,被春风吹得四处乱跳并发出哐哐当当的声响。村子里的人,一直没有找到让自己安静下来的办法,在春风呼天抢地的嘶吼声中,他们也跟着节奏,发出一阵阵乱叫。也可以这么说,他们只是张着大嘴,没有叫或嗓子叫哑了,是春风吹响了他们的大嘴,把他们的嗓子眼儿和心坎儿一并吹响了。

他有些忍受不了四周扑来的春风和垃圾,本想转身回到村子里去,可就在那一刻,他看见了田野上一大片金光闪闪的生基碑,也就是人们给还没有死去的前辈预先修筑的坟墓。他没有多想什么，径直就朝着那片坟墓走了过去。坟都是大坟，仿佛在建造这些坟墓的时候，人间又有了"大匠卿"或"作大臣"。他以前读过一本关于古代坟墓等级的书，书中说，圣人的坟墓称"林"，帝王坟墓称"陵"，贵族坟墓称"冢"，官员和富人的坟墓称"墓"，百姓的坟墓称"坟"，不同的等级和同一等级之内，坟墓的大小、高低、排列、方向、装饰都有区别，尤其是后代人的坟墓不能超越先祖，低级别的官员也不能超越高级别的。可在这片墓地里，几乎所有的坟墓占地都比古时公侯坟墓占地 100 方步要大得多，坟高也远远不止 20 尺。更令人称奇的是，在这片比村庄面积大了几倍的墓地里，人们不仅给先辈中的未亡人修了生基碑，还给自己及下辈人都修了，每一个活人在这儿都有自己的藏身之所。他在里面行走，枯草还没发芽，但草茎差不多都比他高，脆了，枯了，经不住春风的吹拂。他来时，春风刚来，看见的是一片草海，他走的时候，春风吹过了，墓地里已经全是白茫茫的草灰。

他离开时，听见一个苍老的声音在喊他的名字，他又折了回去。那时，太阳正在落下，光相对柔和，也比中午时红艳了许多，他看见一扇墓门里，伸出了一颗头发红白杂混的脑袋。老人的一双手，骨节严重变形，颤巍巍地捧着一封信。老人已经在自己的墓室里生活了多年，邀请他进去坐坐。他迟疑了一下，没有进去，而是站在墓门口，给老人读了那一封信。信是老人的儿子从温州寄来的，不足一页纸，没有写到什么重要的事情，就是说春节期间要加班,不回家了云云。让他吃惊的是,这封信是六年前寄来的,之后老人的儿子便没有了音讯。

樱桃

菜地边上,最初只长着一棵樱桃树。在漫长的没有阳光的岁月中,它因为孤独而把枝条长得弯弯曲曲,还因为愤怒而拒绝开花坐果。它并不讨厌自己与白菜、大蒜和韭菜生活在一起的现状,但它的日子明显过得很憋屈。后来,天下阳光炽烈,就连夜空里也常常高悬着太阳,这棵樱桃树摇身一变,枝条舒展,叶片丰腴,不到春天便硕果累累。而且,在他的记忆里,只要阳光把樱桃树的影子投射到土地上,到了第二年初春,凡是吸收了樱桃树影子的那一小片土地就会长出新的樱桃树来。短短的几年,他家的那片菜地就变成了樱桃园。他的父亲曾找了一张虎皮披着,戴着狮子的面具,用斧头去砍伐樱桃树,每砍一斧,树上就会流出红色的血液,树林里还会响起一阵尖叫,这位父亲只好罢手,任由樱桃树向着四面八方蔓延。现在,樱桃树已经长满了他生活过的那座山中平原,那密集的、红得滴血的、压弯了枝头的樱桃,像火焰,也像瘟疫。他父亲的坟,就在当年那第一棵樱桃树下。偶尔回去,坐在父亲的坟头,他都会担心,樱桃树的影子会不会投到父亲的坟上。如果那一天真的来临了,他再回去,他父亲的坟上肯定长出了一棵樱桃树。

仓皇

索伦·克尔凯郭尔问:"在上帝缺席的情况下,我们该如何做好基督徒?"金沙江河谷里的人紧闭着嘴巴,谁都不知道该如何回答。从山洞里出来,浑身浸染了蝙蝠气味的巫师又问:"如果没有了庙宇和鬼神、没有了先贤祠、没有了祖先的坟墓和神龛上祖先的目光盯着你们,你们会干出些什么荒诞的事情来?"人们面面相觑,彼此盘算着身边这些人这些年来所做下的无法无天的事情。人们都以为审判的时候就要到了,开始搜罗铁证、串联、设诬,都想当告密者和证人,不想在审判席上当一个没有信仰和道德底线的罪人。只有极少数的清醒者,他们来到悬崖上沉思默想,到清冽的溪水边清洗污浊的双眼,在别人睡着的时候备受失眠的折磨。上帝、神灵、祖先和所有的道统,我们都不曾敬仰和遵守,那么,这些年,我们凭什么移山填海,把世界弄得天翻地覆?他们没有想明白,就去找索伦·克尔凯郭尔和巫师,于群山之上看见了这两个人的背影,但是,任他们怎么呼喊,两个人都没有把脸庞和目光转过来。两个人,像两个一闪而逝的幽灵。

槐树

村庄里有很多人拜槐树为教父。槐树没有给他们取名字,名字都是他们自己琢磨出来的:槐威、槐生、槐霞、槐平……槐树往往都是老树,虽然原地不动,但老得不知熬垮了多少个皇帝。一代又一代的人给它们下跪,用牛头或者猪头供养它们,为它们编造了足以印成十本书的神话与传说。在一些神话与传说中,槐树源自玉皇大帝的御花园,也有人说它们是灵霄殿的柱子;在另外的神话与传说里,它们则是菩提树的孪生兄弟,释迦牟尼在其树荫下讲过经。也有人把它们和太上老君、关云长、赵公明等联系在一起,既光明磊落,又诡谲殊甚。18世纪末期,一个英国传教士孤身来到了村庄,他挨家挨户地去传播福音,甚至还在槐树旁边建了一所学校,但人们并不相信他,深夜的月光里,人们常常看见他背靠着槐树唉声叹气。不过,这个名叫杰克的传教士是一个聪明的人,他很快就从槐树上得到启示,轻而易举地就把村庄里的人变成了虔诚的基督教徒:在重新印制《圣经》的时候,他把生命树改成了槐树,还把出埃及时人们食用的救命之物"吗哪",改成了芬芳可口的槐花。至于《圣经》里的香柏、皂荚、番石榴、野橄榄、松树、杉树、黄杨、橡树和柳树，杰克则根据自己渊博的博物学知识，云遮雾罩，李代桃僵，自圆其说地把它们描述为似是而非的"槐科植物"。人们违背神的命令，耶稣代替人们去受死，在骷髅地，罗马士兵用几颗长长的铁钉，把耶稣的手和脚钉在了十字架上。沾有耶稣鲜血的十字架本来是用黑檀木做成的，但杰克也将其改译成了槐树。

在此之前，人们虽然认定槐树是撑起生命的神物，但那些与槐树相关的神话与传说，毕竟是自己凭虚编造出来的依托，内心没底。杰克人手一册发放《圣经》，并把不识字的人请到教室里来，逐字逐句地教授，这些崇拜槐树的人，很快也就皈依了基督教，对基督教的教义心服口服。村庄里为数不多的巫师、和尚、尼姑和道士，原先都生活在密室里，彼此间没有什么往来，听到响彻云霄的高唱赞美诗的声音，一下子慌了神，匆匆忙忙地结成统一战线，在槐树底下搞了几次"槐树保卫战"，一点收效也没有，只好离开村庄，箩筐里装着经书和法器，向着地平线走去。村庄成了一座远东的锡安圣地，军阀混战的年代，冒着枪林弹雨前来取经的人也总是络绎不绝。住在里面的人们，则把每一寸土地都种上槐树，用槐树做出来的十字架，小的只有米粒那么小，大的架设在天空里，供虔诚的人们去天空里旅行。

按照我们一贯的思维和逻辑，这样的村庄是不朽的，也应该是不朽的。事实却用一百年左右时间一再地否认了我们，住在槐树顶上的雄鹰家族，低头的时候看见一支穿白衣服的大军骑马进入了村庄，一把火就点燃了槐树组成的森林，那些住在十字架上的人，还来不及滑下来，就被烧成了粉末。剩余的人，则用绳子拴在一起，被遣送到东川去挖铜。村庄里后来又有了人烟，槐树也在春天重生，但是，住在地洞里的老鼠家族把头伸出洞口的时候发现，一种新的宗教还没有在村庄里形成，一支穿黑衣服的大军又扛着枪进入了村庄。之后，村庄旁边的墓碑见证了灰衣服、黄衣服和红衣服等不同颜色的大军对村庄的征服与占领，人丁兴旺的村庄一次次沦为荒无人烟，又一次次牛羊成群，槐树也总是茂密之后毁于刀斧和战火，然后又从地下不死的根盘上抽出新苗。现在，这个村庄仍然名叫槐树庄，住在里面的人们，一部分来自东川，他们的祖上均是私制铜币被砍头的罪犯；另一部分则是一些没有出处的人，他们说话的时候咬着舌头，做事的时候心脏上戴着枷锁，眼珠都统一凹陷在一层灰色铁皮的后面。我们都相信这两种人一定会掀起村庄的排天巨浪，至少会让村庄暗流涌动，然而村庄里一直没有任何动静，每一个人像纸剪人一样，恍恍惚惚地存在着。唯一让人惊讶的是，他们似乎并不知道村庄经历过的兴盛与浩劫，把我们所说的"文明"一点不剩地从生活中全部清除，像第一批建立村庄的人们那样，人人都拜了槐树为教父。村庄里，没有一个人去做和尚和尼姑，也没有人信仰基督教，偶尔有巫师和道士来村庄里帮人们测字、打卦、看风水，人们都视而不见。

罪孽

从学校回家得走一段山路。一群穿着自制军服的农民,把他拦了下来,并把他带到一座山洞里。农民所知道的审讯方式都是从电影或电视上学来的,让他跪下,他不跪,就有人用铁锤重重地击打了他的膝盖一下。

问他:"你以教师的身份,勾引了多少村庄里的留守妇女?"

他没有做过那种事,但村庄里做过这种事的几个人联合起来,众口铄金似的诬陷他。碎裂的膝盖令他疼痛难忍,一头的汗水,但他还是摇了摇头,也没有供出真正的责任人。

又一个声音问他:"你不想说?"问话的人还在他的头上猛击了一木棍。血流了出来,顺着他的脸汩汩而下,染红了他廉价的白衬衣和西服。他嘴巴里吐着血沫子说:"不知道你们干吗弄一些假军服穿在身上?"他本来还想说,你们远走江苏去务工,最好把自己的妻子儿女都带走,别留在荒凉而又凶险的村庄里。

这位乡村教师还没有表达出自己的善意,他就被一阵乱棒、铁锤和斧头打死在了山洞里。他的尸首旁,胡乱地扔着几件假军服。类似的凶杀案,我还听过几件,故事的版本一点新意都没有:

被杀的人都是羊羔，而真正的狼虎，仍然快活地游荡在村庄里，并继续制造着古老的罪孽。

表哥

　　表哥说,从记事起,他每天晚上都在做同一个梦:他到一座寺庙去烧香,一旦跪下来,肚子就会饿得像饿死鬼抓心。因此,他也总是一跃而起,不顾一切地去抢菩萨座前的供果狼吞虎咽。这时,总是同一个和尚来到他的身边,拍拍他的肩膀,把他引到一张饭桌前,看着他毫无节制地吃,直到他活活被撑死。

　　表哥最终死于胃癌,活了五十三岁。村子里的人都走光了,他的儿子心想不会有太多的人来参加他的葬礼,从医院的太平间,直接就把他送到了城郊的火葬场。而且,因为乡下正在禁止土葬,就把他的骨灰盒存放在了火葬场的仓库中。昨天晚上,他托梦给我,说他对儿子的安排一点也不生气,人世间的事情再无理再无情,他都释怀了。唯一让他不太舒服的是,他现在的邻居大多数都是公安机关送来的无人认领的孤魂野鬼,而且基本上都是死于凶杀和车祸,个个都残缺不全,整天血淋淋的。

　　当然,他还告诉我,他终于找到了那一座寺庙,就在火葬场旁边的松树林中,他现在天天都去找那个和尚下盲棋。一边下棋,一边听火葬场里传来的哭声和鞭炮声。

收藏家

某个县城里有一位收藏家。他收藏的对象不是古董、字画和邮票。他也从来不去古玩市场,那些过时的器物,他一点兴趣都没有。他给自己制作了一面印着"收藏家"三个字的旗子,套在竹竿上,天天扛着,在县城的街巷里,反反复复地行走。有时,他也会把旗子绑在自行车后架上,到乡村里去转悠。只要有人好奇地问他:"收藏家,你收藏什么东西呢?"他就会停下脚步或刹住自行车,和颜悦色地看着对方的眼睛,如果对方的目光转移到别处,他就什么话也不说,继续赶路。只要对方真诚地望着他,他就会告诉对方,他只是来这儿考察一下,看有什么东西值得自己收藏。

有人见他进了村,把他喊住,煮火腿给他吃,弄来最好的粮食酒给他喝,目的是让他看一下老手镯、土陶器和一些低级别的玉佩,说只要他有意,价格可以低一些。他知道类似的物件,人人都自称是传家宝,其实都是不入流的盗墓贼从苦寒的坟堆子里刨出来的。但他嘴上不说,只说这些宝贝不在自己的收藏范围内。碰上招待自己的人喝醉了,逼着他问:"那你究竟收藏什么?"不说，就要撕了他"收藏家"的旗子，要他还酒钱。他不是胆小鬼，但身上只装了点零钱，遇上这种人，总是满脸堆笑，问对方："你还有什么更贵重的东西吗？"如果难住了对方，他就骑上车走人。也有人是有意难为他，听了他的问话，转身入了里屋，把父亲参加夕阳红健身队使用的铁皮剑拿出来，一口咬定是当年诸葛亮七擒孟获时，手下将军魏延用过的宝剑，冷笑着，逼着他收藏。这种人倒是低估了收藏家的智勇，他一把抓过剑来，手一挥，剑就横放在了对方父亲的肩头上，低头对老人说："这剑不好使，太轻了，下次来，我孝敬您老人家一把好剑，好不好？"只要老人一点头，他把剑扔到地上，扬长而去。让收藏家黔驴技穷的事情也发生过很多，比如，有个人平常只是个单打独斗的小贼，却在一栋貌似无人居住的别墅里，轻而易举地偷出了无数的现金和一个条形木箱，木箱里装着一件古董。部分现金用来购置了房产和一辆奔驰汽车，这木箱子里的古董，小贼却不知道该怎么处理，便在家门口叫住了收藏家。收藏家认识这个昔日的小贼，也大体能猜出横财的来路，以不同的方式一夜暴富的事，见多了，也听多了，一点也不在意。入了门，坐下便问："找我有什么事啊？"小贼也不绕山绕水，把收藏家带进地下室，迅速打开了木箱。收藏家一见古董，脸色突变，问小贼："你不认识这东西？"小贼自然是认识的，这城里，又有谁不认识呢？所谓古董，是某风景名胜区内的国家级文物，一块唐代摩崖石刻。收藏家蹲下身子，仔细辨认，没有找出一丝一毫的瑕疵，最后吓得瘫软在了地上。在收藏家的要求下，小贼开车，他们一起去了风景名胜区，近距离地研究了一下石壁上的"真迹"。收藏家得出的结论是，有人把真迹凿了下来，又把仿制品镶到了石壁上，而且做得天衣无缝。

重新回到小贼家中，收藏家让小贼把自己关在地下室里，说是他要好好想想。小贼往地下室放了一堆糕点和水，锁了地下室的铁门，就找朋友赌钱去了。赌了两天两夜，想起了收藏家，跑回家来，打开铁门，发现收藏家没吃东西，坐在木箱子旁边，一动不动。见了小贼，双眼才射出精光，并突然长身站起来，双手分别拍着小贼的双肩，说："我知道是怎么回事了，我想起来了。"收藏家说，50年代，全国掀起过一次献宝的热潮，有一个石匠，便把这块石刻凿了下来，想背到北京去。后来被人拦了下来，石刻又被镶了回去。听收藏家这么说，小贼一个机灵，指着木箱子说："你的意思是，当时镶回去的是仿制品？"收藏家点了点头，又说："还有一种可能，镶回去的是真迹，后来又有人把它凿下来了。"

小贼本来希望收藏家给他指点出手古董的路径，或让收藏家把这古董收藏了，价格少一些都可以。收藏家不是没有动过心，但权衡再三，对小贼约法三章：第一，这石刻不准出手，就锁在地下室中，一旦出手，就去派出所告发他；第二，也不能送回风景区去，镶回去，还会有人再凿下来；第三，不准再向第三个人说起石刻这件事,神通广大的失主肯定在暗中寻找这失物,说出去会引来杀身之祸。小贼牢记这三条,从那以后洁身自好,开了家茶叶店,过上了正常人的生活,石刻也一直摆放在地下室中,谁也不知道什么时候才会重见天日。收藏家没有去派出所告发小贼,仍然天天步行或骑着自行车,满世界寻找值得他收藏的东西,也没人知道他想收藏什么。偶尔他会来到小贼家的地下室坐一会儿,木箱子的旁边,小贼专门给他设了茶案,备了优质的茶品。小贼问过,值得他收藏的是不是像石刻这样的东西,他没有点头,也没有摇头,沉默了一阵,扛着"收藏家"的旗子走了。

在曲靖市的郊外

郊区美学正在演进为一门具有时代性的显学。它提振了四野的物质欲望,又把市中心漫溢而出的精神泡沫悉数消化得一干二净。抛开飞短流长的城市唯美观,单从客观的认知角度去看,所谓郊区,已经不再是"城乡接合部",它应该被视为城市之狮与乡村之虎媾和而诞生的群落怪兽。它的超市、学校、发廊、饭店、旅馆、洗车场……市中心有的,它都有,只是品质下降了。同时,它的住房、地摊、杂货铺、人流、医院……又往往是乡村的升级,处处庸脂俗粉、低级气味。

这不是在单一地说曲靖的郊区,中国的每一个城市的郊区都是如此。至于有的二线和三线城市一看上去就像某些一线城市的郊区,那就另当别论了。我之所以把"郊区美学"摆到桌面上来,正是因为郊区概念的模糊、郊区标准的游离和郊区形态的无所不在。曲靖,当我从舌尖上弹出这个词,瞬间它就能找到一支声势浩大的同盟军,佳木斯、保定、温州、张掖、格尔木、绵阳、遵义、昭通……它们不仅行政建制同等,城市的规划、建筑符号、社区文化也别无二致,很难找出差异性。它们的郊区,如果没有了方言和饮食的壁垒，没有了地名和气候的天然区别，它们分明就是同一条生产流水线上流淌出来的同一产品。都说故乡消失了，同质化给人们带来的最大好处是，任何一个城市你都可以视其为故乡，普天之下没有谁再可以说自己是异乡人或流浪者。比如现在，站在曲靖郊区的雷家庄，扑面而来的房子、水泥路、垃圾堆、小吃店，等等，我一点也不陌生，它们与昭通土城乡的聚落元素没有什么不同之处，就连从逼仄、混乱、肮脏的楼房夹缝里走出的老人，他们的样子，也是我父母的样子。一触即炸、满脸戾气的人，站在路边、街头、窗前和店铺门口，我不敢向他们问路，如果他们要把我当成外来者的人质，我也不会反抗，因为我有过太多类似的经历，早就麻木了，没有痛感了。尽管我的心头有一万头羊驼疾奔而过。

　　卡夫卡一觉醒来，发现自己变成了甲虫。我想有一天早上醒来，走到街上，我会发现，每一个人都与我长得一模一样。我即我们。我们却不是我。

杨昭的诡计

就在去年的清明节,我从父亲的墓地上回到城里的旅馆,刚坐下,准备抽一支烟,门铃就响了。他说,坐在公共汽车上的时候,他看见我正快步走向这家旅馆。他的头发已经白光了,但不油亮,泛着一层灰。交叉着放在膝盖上的双手,指甲很长,塞满了黑黄色的污垢。他说,很多年前他就没有教书了,现在专心做阴阳先生。我给他上烟,他摸了摸口袋,说没带打火机,我又给他上了火。一支烟,他三口就吸光了,烟灰还笔直地夹在指缝间。整整一个中午,他给我讲了一桩又一桩的生死异事,还说出了我们一起喝过酒的一个个饭店的名字,以及都有些什么人在场,但他一直没问我现在在干什么,更没有说到文学方面的事情。快到吃晚饭的时候,他说:"凤凰镇的一个老人,断了气,他儿子把我请去了。我对着老人的耳朵说了一句话,老人就活过来了,现在还天天下地干活。你猜,我都说了什么话?"我笑着摇了摇头,他仍然坚持要我猜,我只好说:"你还欠我一顿酒呢,怎么就死掉了?"他一听,问我是怎么知道的,我笑而不答,他拉开房间的门,走了。他是谁?我真的不知道。杨昭来旅馆喊我喝酒的时候,我跟他讲起这个人,他开始时说,肯定是这个人认错人了,接着又猛然脸色大变:"你说的这个人我知道,死去很多年了。教书时带学生春游,跳到水库里去游泳,再也没有上岸来。"我被吓得半死,倒吸一口凉气。

第二天中午,我房间的门铃又响了。这个人站在门外,一身雪白的对襟衣服,手上还提着一瓶酒。想起杨昭说过的话,我毛骨悚然,但还是让他进了房间。当时我正在读《阅微草堂笔记》,他斜眼看了一下,说这个版本不好,还是中华书局那个版本好。我没接他的茬,想着该用什么花招才能阻止他坐下,并尽快把他轰出门去。他说:"你是不是觉得我像一个被水淹死了的人呢,正想着办法,准备把我赶出门?"边说边坐到了椅子上。我心头一凛,把书合起,往桌子上一放,反问他:"杨昭说,你死了很多年了,是不是?"他惨然一笑,从衣袋里拿出一把小刀,在指尖上一戳,一颗血珠子就冒了出来。鬼是没有血的,我更惊讶的是,他今天一尘不染,指甲缝里一点污垢也没有,头上的白发也闪耀着柔润的光泽。他告诉我,在替人寻找阴穴或超度亡魂的这些年里,他经常睡在墓地的草丛中看月亮,有时,也跟地底下的人聊天,给他们说一些黄段子和花边新闻。有一回,他在一个古老的墓园里睡着了,结果就看见了一场别开生面的歌舞晚会。有人表演哭,哭着哭着,双眼就喷射出两股血水;有人表演笑,笑着笑着,突然就有一群人围上去,大声呵斥笑的人:"你再笑一声,就杀死你!"他印象最深的是舞蹈,一个装扮成国王的人,独舞,跳起来欲令群山动荡,就像一万个人在跳;而当一群人跳起群舞,那么多人卖命地跳着,却像只有一个人独舞。他一边讲,一边站起身来,从床上跳到地上,又从地上跳到床上,跳得大汗淋漓,而且汗水流过的脸上,飘起了一团团白烟。后来,他的目光死死地盯住我,说要给我的命理推出来,让我报上生辰,我拒绝了。他稍有尴尬,迅速地又把话题引到了放魂上去:"我可以让你的灵魂离开你,让它依附到你敬畏或痛恨的大人物身上去,当然也可以让它提前去参观一下地狱或者天国……"当他伸手来摸我的头顶时,我让开了,不是不信他,是不想听命于他。他的手抓空后,落在酒瓶上,他顺势把酒开了,倒入两个茶杯。酒不是什么好酒,有一股腥臭味,问他,他不说,反而把小刀戳过的手指伸到我的眼前,让我看有没有伤口。伤口不见了。随后,他又张开大嘴,让我看他蓝色的牙齿和黑色的舌头……

在我终于铁了心,准备将他赶出房间的时候,杨昭来了。我没有想到,他们两人一见面,就哈哈大笑起来。他们两人是同事,装神弄鬼的家伙是一个化学教授。杨昭开口了,设个骗局,目的是想告诉我,文学与化学纠缠到一块儿,鬼就现身了。同时,杨昭还说,一个人不能轻易给来历不明的人打开自己的房门,更不要听他鬼话连篇。话中的道理不新鲜,可表达这话的假把戏,我今天想起来,还会觉得自己也许真的碰上过鬼。那晚,他俩给我压惊，酒多喝了几杯，但我还是不敢回原来那家旅馆去住，只好另找了一家旅馆，开着电视睡了一个晚上。

国道上的人质

生活在盐津的那五年，我是一个人质，正如我现在是昆明的人质一样。"时代"一直在变，表象变得让人眩晕，本质变得让人难以琢磨。我以为在某些剧变的时刻，自己可以从绑架者的手中逃脱，重获自由身，可事实上他们没给我任何机会。相反，变化更接近于翻天覆地的时候，绑在我身上的绳索勒得更紧，他们开出的交换条件也更苛刻。我一厢情愿地认为，绑架我的人与营救我的人，他们存在着反抗与取代的关系，后来才发现，他们是同谋，就像舞台上的敌我双方，都是同一个剧团的演员，而且，他们在思想和信仰上有着天衣无缝的一致性，效忠于同一道雷声与闪电。

我听到过一段对白。

甲："如果你认为，将一个囚闭在乌云中的异己分子转移到悬崖上，这就是一种虚构的巫术，那么，请你告诉我，是不是刑场才是人类唯一的避风港？"

乙："乌云、悬崖、巫术和刑场，就像异己分子这个词条一样，都出自恐惧者的想象力。它们本来散落于原野、山谷和小镇，就像一包毒药溶解于太平洋,可你却将它们集中在了一起,用来对付一只蚂蚁!"

丙是从屋子外破门而入的,我能听见这个人大口大口地喘气的声音,还咕嘟咕嘟地喝了一阵水,然后,他对甲和乙说:"一根晾衣竿上的外衣和裤子,它们同属于一个主人,可它们却在抓着竹竿搞拔河比赛。我想说的是,现在,我还不想给主人换一套新衣服,前提是它们必须干净、沉默,如果它们还像现在这样,尽管主人喜欢它们,我也会朝它们身上泼墨汁。结局大家肯定都清楚了,我也不说了。"

丙说完,我听见门咣的一声,然后是远去的脚步声。甲和乙也果然没有再说话,整个盐津县城陷入了死一般的寂静。两个监控我的人,他们缩身于同一间狭小的屋子,口鼻气息互吹,目光常常相撞,而且内心各有道场,我难以想象他们是怎么度过那漫长的时光的。隔着厚厚的土墙,我试探性地与乙交流过几次。我想告诉他,在一块被诅咒过的土地上栽种玫瑰,远不如种植葵花……我想,他被一双眼睛盯着,甚至比我更缺少安全感,所以我说什么都等于白说,只会换来"嗯""噢""哦"之类的字眼。有一次,听见门响,他说甲出去上厕所,主动敲了敲墙壁,问我:"在书本里寻找敌人,还把这些敌人带到世上,你觉得这种人是不是很愚蠢?"我稍做沉思,门又响了,我以为是甲回来了,我准备回答他的一段话只好存放到大脑中。大意是:我没有敌人,是那些样子长得像敌人的汉字在纸页上叛乱，它们烧毁了一本本宗教书和哲学书，让自己从灰烬里爬出来，爬进了人世。

> 我对自己的处境有些担忧
> 对密不透风的日子
> 渐渐失去了信心和耐心
> 不是害怕，也从不在意梦中的追捕
> 文字迷宫里的狮虎和杀人狂
> 我领教得太多了。当头颅伸进绞索
> 我只是渴望收回自己的
> 婚礼和葬礼。我只是想像所有的
> 问题少年那样，自己玩死自己
> 而不是死在隐形巨人的手掌里

这是我在心内写给乙的一首小诗，以前并不存在，今天是第一次被写到纸上。具有阅读经验的朋友们一定知道，诗中的"我"，有着广泛的指向和替身，它就是出租戏服的店铺里挂着的一件长袍，或者旗袍，也可以是烧在坟前的一件纸衣服。

"我们收到了一大笔赎金！"丙来找我之前对甲和乙说。他来找我时，第一句话也是"我们收到了一大笔赎金"，停了一会儿，又才说："你可以走了。"我当时已经迷上了算卦和相面术，一点也不想离开,也无处可去。丙就架着我,穿过空空荡荡的县城,又过了红旗桥,把我丢在了214国道上。出于感恩的想法,我对丙提了个要求:想见见乙。

丙沉思了一下,皱了皱眉头,用好奇、荒诞的目光看着我,低头凑过来,先是用甲的腔调对我说:"在所有的虚构的巫术中,最让我着迷的是打乱时空概念,把你感兴趣的人任意地移放到他思想末日的时间和空间里,把结局提前交给他,让他永远丧失反抗的意志和能力。"

随后,他又换成乙的腔调:"我出生在中原一个显赫的口技家族,之所以越过秦岭,过巴蜀,深入到滇东北的崇山峻岭之中,我肩负着把口技政治学传播到穷荒的伟大使命。你想见我,我很开心,这说明口技政治学不仅能惑众,还可以摧毁对立者的精神防线。"

最后,他才用自己的腔调问我:"你还想见他吗?"惊悚、愤怒、屈辱,我承认,那一瞬间,我彻底崩溃了。弯下腰,捡起一块石头,准备砸向这个恶棍。我的石头还没出手,脸上就挨了他一记重拳。他打裂了我的眉骨,血水很快就蒙住了我的双眼,我手上的石头虽然砸出去了,却没有击中他。倒在路边的草丛中,我听见他分别用甲乙丙的腔调跟我说再见,还在我胸口踢了一脚。

他说:"我们收到了一大笔赎金!"作为一个被释放了的人质,对他的说法,我至今仍然持怀疑态度。不过,应该感谢他,他同时给了我充沛地活着的理由：大家都知道，从那天起，我就沿着214国道踽踽独行，在世界上寻找着为我提供赎金的人。有很多批次的人主动找过我，表演着口技，对我的人质生涯了如指掌，蛊惑我把他们认作我要找的匿名者。我知道自己落入了没完没了的人质套圈，一批人放了我，另一批人又来把我带走，仿佛只要有我在手上人们就可以要挟另外的人们，而另外的人们似乎也乐于为我出上一大笔赎金。羊羔不知道自己的肉有多鲜美，我不知道自己为什么值一笔又一笔的赎金，所以，慢慢地麻木了，就算将我押到刑场去做替死鬼，我也会一笑了之。不过，我认为自己肯定是一个肾脏像韭菜一样的怪物，人们割了它，它又生，它生了人们又来割。赎金与我无关，全身被麻醉后，我甚至连一丝刀光都没看到过，也没有剧烈地疼痛过。

复活

金沙江上正在修建三座巨型电站。移民搬迁的系统工程中，最先搬迁的是库区移民的祖坟。人们自己把祖坟挖开，把祖先的遗骨装在陶罐里，陶罐背回家来，密密麻麻地摆在堂屋里，家就像一个出售土陶罐的店铺。坟里的人，有些刚死不久，把坟挖开，棺材还完好无损，亲人们就围着棺材拍全家福。绥江县的老县城，现在已经被淹没了，县城的中心是东方红广场，有一尊毛主席的塑像。很多人舍不得离开，又不能不迁往他乡，走之前，就抱着装满遗骨的陶罐，站在塑像下合影留念。也有一些不孝子孙，领了两千元一座的迁坟费，却把祖先留在了水底。还有一些古老的坟墓长眠在水中，墓主的儿孙们外出谋生去了，谁也不知道他们去了哪儿。也不知道在异乡的出租房里，这些游子们会不会一次次梦见水鬼。永善县佛滩乡的一户人家，做花椒和魔芋生意，发了大财，从四川请来一位著名画家，在陶罐上画名为"江山如此多娇"的系列山水画。画完之后，应一个画廊的邀请，陶罐运到重庆去办展览，有人想收藏罐子，开价很高。这户人家有些心动，但还是拒绝了，展期未到，就拉着一车陶罐回到了老家，举行了隆重葬礼,把祖先重新安葬在高高的笔架山上。两年前的一天,我从昭通坐长途汽车去四川宜宾,中途看到两个中年男人,带着同样的陶罐来搭车,我旁边的座位空着,其中一个就坐到了我身边。我问他要去哪儿,他说北京。我指了指他放在膝盖上用双手抱着的陶罐,问他:"去上访?"他笑了笑,没有回答,几分钟后,把头放在陶罐上,睡着了。

买醉记

2014年8月26日，土城乡的刘顺乾把凤凰镇的张云平告上了法庭。理由是某年某月某日，张云平酒醉之后，将一个坐在树荫里乘凉的老警察暴打了一顿。这个被打的老警察是他的舅舅。法庭没有受理这个案件，因为刘顺乾提供不出有效的证据，而且他根本就没有一个当警察的舅舅。法庭调查资料显示，张云平与刘顺乾是多年的拜把兄弟，8月25日晚上，他们还在一个叫"梦乡"的娱乐场所里买醉到深夜。法庭的调查是准确的，8月25日的晚上，他们两人是在"梦乡"，一起赞美了某个人的豪阔、讲义气，同时也一起说了很多警察和法官的坏话。其中张云平说："不知道是什么原因，我从来没有触犯法律的冲动，也没有犯过法，但只要见到警察和法官，我都觉得自己就是罪犯……"张云平的感受，刘顺乾也有，不过，刘顺乾说："我从来没想过自己会犯法，也没有哪一个警察或法官伤害过我和我的家人，但只要见到了警察和法官，就想在他们背后捅上几刀！"与他们同来"梦乡"买醉的还有一个人，名叫赵声孝，是太平乡地盘上的惯偷，偶尔也会到凤凰镇和土城乡来作案。他说了自己的一次经历："有一天，我饿昏了，就去派出所找东西吃，告诉警察，我是来投案自首的。警察都是老熟人了，其中一个在我面前放了一沓信笺和一支笔，叫我自己把案情写下来。第一次，我写自己偷了一头牛，他问我，牛呢？我说，吃了。他摇摇头。我就改写成偷了一头猪，他问，猪呢？我说，吃了。他摇摇头。我又改写成偷了一只羊，他问，羊呢？我说，吃了。他摇摇头。最后我只好写自己偷了蛋糕店的一盒蛋糕，他又问，蛋糕呢？我还是说，吃了。他摇摇头。我心里想，如果老子偷到了一盒蛋糕，还会来投案自首吗？我正准备写自己偷了乡政府食堂的三个肉包子，这个警察看着我，很开心地笑了起来，对我说："你这么写下去，你接下来偷的肯定是一个土豆、一颗花生米、一粒芝麻。所以，本人觉得你最好马上出去偷点东西吃，吃饱了，就去动物园偷一头大象，再来投案自首！"为此，赵声孝说："我与你们不同，见了警察和法官，我从来都是一个罪犯，但我总是得不到罪犯的待遇，他们一次次放了我，鼓励我再去偷，最好能偷大象这样的大东西，然后再跑去向他们投案自首。而我每次只会偷一点食物，我觉得我是他们手上的一个玩具了。见了他们，我什么都不想，就像见到了同道上的朋友一样。"三个人就这个话题又说了很多酒话，跟跟跄跄地走出"梦乡"的时候，街边刚好发生了一起凶杀案，一群警察正在布置警戒线，保护作案现场。刘顺乾跳上一辆出租车就逃走了，仿佛他就是警察缉捕的对象。张云平手上没有带刀子，一个警察见他站在警戒线边上,便命令他快点闪开,他对这个警察动了虚无的杀心。赵声孝则在距作案现场一百米外的街角,偷走了杀手扔在那儿的西瓜刀,第二天早上,以一碗面条的价钱卖给了一个卖西瓜的四川人。一个星期以后,刘顺乾、张云平和赵声孝又来"梦乡"买醉。对刘顺乾起诉张云平这件事,三个人都觉得,如果一个人的内心总是有恐惧和仇恨,而且生活中也无所事事,就可以到法庭去以莫须有的罪名起诉一个你的亲人和朋友,当然,你也可以顺手偷一条商场的香烟,然后去派出所投案自首。

蠢蠢欲动的生活

丈夫去了东莞打工。听说到了东莞的男人不分贵贱,都管不住自己。每次听见屋顶上的猫跑到自己的身体里来叫春,张春雅把儿子哄睡了,都会想自己该不该给那个从江西来的养殖场老板打个电话,叫他来家里坐坐。

(在东莞打工的乡下男人,生活中只有三件事:在流水线上打捞血汗钱,在出租房的窗口看着小街上来来往往的妓女手淫,在邮局给家人寄钱。只要想起自己老婆与江西老板私通的传说,刘之凯就想,下个月的工资,自己是不是用来找一个好一点的妓女?)

喜鹊和乌鸦,在中午的天空中偶然相遇了,一闪而过。它们不想结成同盟,报喜者总是出现在上午,报丧者黄昏的时候才会出现。喜鹊在飞向上午的途中,天还没亮,就想掉头飞回头一天的黄昏,在乌鸦报丧之前,给人们一个惊喜。

(乌鸦跟着太阳的节奏向着黄昏飞行,看见地上的人们正在狂欢,谁都没有落日之悲。它就决定穿过茫茫黑夜,赶在喜鹊报喜之前,给熟睡中的人们泼一盆冷水。)

刘之凯在流水线上不明不白地死了,法医确认为饿死,说他的胃里什么食物都没有。张春雅悄悄去了一次东莞,抱回了丈夫的骨灰盒。她把丈夫的死讯告诉了江西老板,一再叮嘱对方,不能对任何人说。因为丈夫守寡多年的母亲年事已高,得让她觉得,活着就是为了思念活着的儿子。

(江西老板从此每个月坚持去一次邮局,给张春雅寄钱。两个人在养殖场里的大床上颠鸾倒凤的时候,江西老板总是想象张春雅的丈夫还活着。一旦意识到,那个自己一次次冒名顶替的人已经死了,他就会从张春雅的身上滑下来,觉得自己也死了。)

刘之凯的母亲去世那天,村子里的人看见,张春雅从菜地里挖出丈夫的骨灰盒,放到了他母亲的灵前。几天后,人们抬着两具棺木上山的时候,天上一前一后地飞过了乌鸦和喜鹊。

(江西老板站在养殖场的小院中,长长呼出了一口气。他不愿意看见任何一种死亡,但他不愿花太长的时间去保守死亡的秘密。在死亡的废墟上寻欢作乐,早已让他心力交瘁。)

水城来客

1989年秋天的一个黄昏,一个乡下母亲背着自己十五岁的儿子,登上了由贵州水城开往昆明的火车。儿子瘦骨嶙峋,脸色暗淡无光,好像还特别怕冷,身子缩成一团。母亲一边从蛇皮口袋里拿出一张红色棉毯,盖在儿子肩上,一边用胆怯的目光朝四周张望。车厢里只零零星星地坐了几个人,而且都把头偏向车窗,趁火车进入隧洞之前,眺望着茫茫群山中的那轮落日。

高原上的火车,速度比汽车快不了多少,甚至比汽车还慢。隧洞一个接着一个,即使白天乘车,人们也会觉得自己正在黑夜里穿行。隧洞与隧洞间乍现的白光,总让人睁不开眼睛。这位母亲已经不是第一次坐火车去昆明了,五年前,自儿子患上一种叫不出名字的病症以来,差不多半年左右的时间,他们就会出门一次,搭乘这一列火车,来往于水城和昆明之间。

邻座没人,母亲用蛇皮口袋做枕头,让儿子躺在座位上。自己坐在对面,一双疲惫的眼睛,无助地看着悄无声息的儿子。隧洞里烟尘大,反灌进车厢来,儿子开始有气无力地咳嗽,她死死止住自己也想咳嗽的冲动,扑向儿子,把儿子的头抱到怀里,随后又撩起衣襟，遮住儿子的头。过了一分钟，自己才猛烈地咳了起来，眼泪在暴露的青筋和皮肤的皱褶间跳跃，最终滑落到遮着儿子头颅的衣襟上。儿子的头藏在母亲的衣襟里，这让母亲的腹部高高隆起来了，如果有人没有看见座位上还躺着一截儿子的身子，肯定会把母亲错认为是一个年老的孕妇。就这样搂着儿子，母亲慢慢地睡着了。等她醒来的时候，火车已经跑过了很多个车站。她习惯性地抬起头，准备扫视一下车厢，发现对面的座位上已经坐着一个一身黑衣服的陌生男人。男人的双鬓白了，正用阴沉而又锋利的目光看着她，她不由得心头一凛，背心冒出了一层冷汗。

"让我看看你儿子！"男人的声音冷冷的，不容拒绝。母亲本能地抱紧儿子的头，木然地看着男人倾斜过来的脸和伸向他们的右手。男人的姿势一动不动，目光一直盯着母亲。这时候，火车冲出了一个漫长的隧洞，从车窗外透进的月光，令昏暗的车厢明亮了一些。母亲在一阵迟疑之后，缓缓地掀起衣襟，把儿子的头露了出来。儿子处于似睡非睡的状态中，轻微地嘟噜了几句什么，咂了咂嘴巴。男人伸长了腰和脖子，屁股也随之离开座位，弓着腰，用双手捧起儿子的头看了好一会儿，然后，叹了一口气，坐回去了，也不说话，冷冷地望着车窗外月光下面模糊不清的山岭。母亲则重新把儿子的头搂到怀中，像原先那样，撩起衣襟，遮住儿子的头。她没指望从陌生男人的口中得到任何好的或坏的消息，所以,她收起目光,垂下头,准备接着睡觉。在火车哐哐啷啷的声音里,她感觉比躺在家中的床铺上更容易入睡一些。闭上眼睛时,她隐约听见一个声音:"你的儿子,他会死在昭通!"她没在意,也没记住昭通这个地名,便睡着了。母亲这一睡去,就像去了一个没知觉的世界。列车员把她拍醒时,火车已经停在了昆明火车站。她伸手抓住蛇皮口袋,喊了声儿子的名字,没人应,这才发现怀里的儿子不在了。再看对面的座位,黑衣服的陌生男人也不知去向……

二十五年后秋天的一个中午,一个四十岁的水城人出现在了昭通清官亭公园旁边一家小旅馆的登记处。老板一边登记,一边问他:"噢,水城人,你来昭通做什么买卖呢?"

这人淡淡地回应:"我想死在昭通!"

老板一愣,翻眼看了看客人,随即又笑眯眯地问:"你要住多少天啊?"

这人的声音还是淡淡的:"我不知道自己还能活多少天!"

老板以为遇上铁了心前来滋事的街边恶汉了,把手上的笔扔在桌上,双手抱在胸前,用挑衅的目光盯着他,声音尖锐:"你想干什么,告诉我,你到底想干什么?"

这人想从心头提一口气上来,大声地说话,但气提不上来,声音仍然淡淡的,非常微弱:"我什么也不干,只想死在昭通!"说完,伸出苍白的手掌,向老板索取钥匙牌。老板把身份证和钥匙牌放到他的手心时，摇了摇头。随后，对着他上楼时的背影喊了一句："水城人，你千万别干傻事啊！"

水城人进了房间，没有烧水，从口袋中抓出一把药丸，就着桌子上的矿泉水匆匆吞下。这才喘了口气，倒在了床上。但他没有马上睡去，目光移动着，从天花板到窗户，再到电视机、镜子、门，最后停在了墙上那隐隐约约的一行字上面："杀死你，我要杀死你！"这行字的下面，还署上了日期和姓氏，但没署名。他想这写字的人，他想杀死谁呢？他真能把一个想死的人杀死吗？他决定去找这个人。不过，按照他的计划，接下来他得去一趟旅馆对面的邮电局。二十五年来，他每时每刻都在盼着这一天，无数次设想过怎么把一堆钱交到汇款员的手上，又怎么填写汇款单，怎么留言，等等。为此，他还一次次地去过邮电局，看别人怎么汇款，看汇款员怎么核对款额。他迷恋这些细节，迷恋金钱在这边被收走，在另一端仅凭一张汇款单又可以取出来的过程。现在，自己终于可以汇出一大笔钱了，可以去邮局了，想得高兴，他把死亡的事也就暂时放到了一边。

水城人给自己住在水城乡下的母亲汇出了十万元人民币。这是他全部的积蓄。这也是他二十五年后第一次与母亲联系。汇款单上，他留的地址，只有"云南昭通"是准确的，具体的街道门牌则是他乱写的，连他住的旅馆也没写上。从邮电局出来，他把汇款收据丢进嘴巴，嚼了嚼，咽进了肚子里。昭通的秋风，具有他想象不到的层次感,第一阵风把梧桐叶从树枝上吹落,紧接着,第二阵风像接力一样吹过来,把还没有落到地上的梧桐叶,用力一卷,便吹到了树枝之上的天空中;再接着,第三阵风从天而降,把满天的梧桐叶又吹回到了地面上。踏着梧桐叶回到旅馆,老板见他回来,问他吃饭没有。他说吃了。双方都笑了笑。

他问老板:"4月5日,我住的那间房的客人是不是姓赵?他是我的朋友。"

老板翻了翻登记簿,很吃惊地望着他:"是啊,赵斌,你们是朋友?"

听老板的口气,老板不仅认识这个叫赵斌的人,而且可能很熟,他心头泛起一阵难言的欢喜,但还是装得若无其事,轻描淡写地对老板说:"这两天如果你碰上赵斌,就说他的一个贵州朋友来了,想见见他,吃顿饭。"他寂然一笑,旅馆老板立马对他点头哈腰,说:"一定转告他,一定转告他。"

到邮局汇钱,与老板对话,耗掉了他全部的力气,进了房间,水城人一头就栽倒在了床上。他几次试图找出随身携带的药,手都不听使唤,身子也翻动不了,迷迷糊糊地便昏睡过去了。所有的睡眠都缺少安全感,而且还处处布满了岔道。所以,入睡不久,水城人就听见了火车哐哐啷啷的撞击声,并听见了母亲肚腹里叽叽咕咕的胃肠蠕动的声音以及心跳。母亲的一只手放在他的背上,另一只则托着他的脸,他知道母亲的疲惫,知道母亲也许比他更需要舒服一些的睡眠,但他连从母亲怀里挣扎出来的力气都没有,仿佛自己已经瘫痪在了母亲的怀中。母亲睡熟后,双手不再抱着他,他奋力地挣扎了一下,结果他脱出了母亲的怀抱,却也滑出了座位。他的身体就要落到地面的时候,有一双手伸过来把他托了起来,并且再没有将他放回座位,而是抱着他,来到了另一节车厢。他用身体微弱的动弹和一脸的泪水,表达着自己的拒绝。但抱他的这个黑衣服的男人没有理会,把他放到座位上,然后从衣袋里抓出一把药丸塞进了他的口中。火车到达云南的一个山中小站时,黑衣服的男人又把他抱起来,下了火车。

火车带着母亲,消失在了云南的夜色中。在车站狭小的候车室里等了不到一个小时,一列由昆明开往水城的火车就到了,他们登上了这一列反向的火车。母亲到达昆明的时候,他回到了水城。这同样是一列车厢里空荡荡的火车,它的任务似乎就是在夜色和隧洞中不停地奔跑。他躺着,黑衣服的男人,坐在对面的座位上,过一个小时左右,就往他嘴里塞一把药丸。最后一次往他嘴巴里塞药丸的时候,黑衣服的男人对他说:"记住,你不能再去见你母亲,更不能再去拖累她,如果你答应就点一下头。作为交换条件,我会给你药丸的配方,让你多活二十五年。"接着用诡异的眼神望着他,一个字一个字地说:"二十五年后,你会死在昭通。死之前,你会积攒下来一笔钱,请你寄给你的母亲!"说完,火车停在了一个车站,黑衣服的男人,把药方塞在他的衣袋里,下车走了。他想知道黑衣服的人是谁，跟他的母亲是什么关系，但没人告诉他……

昭通的早上，人们都是在北兵营的军号声里醒来的。那军号声，似乎比其他地方的更嘹亮，更具有穿透力和震慑力，它一响，人们就乖乖地起床、上厕所、洗漱、吃早餐，然后开始一天的忙碌。这天早上，军号声没有惊动水城人，他还躺在二十年前从昆明开往水城的那一列火车上。当火车抵达水城，他奇迹般地翻身坐了起来，五年前消失的力量又回来了，至少回来了一部分。阳光照耀着凌乱的火车站，即将离开的人和刚刚结束暗夜之旅的人，在他眼中都像上帝的使者，人人都带着令人欢喜的福音。可就在他走在地下通道的台阶上时，他听见了持续不断的敲门的声音，水城火车站与昭通旅馆这两个不同时间和空间里的场域，神奇地重叠在了一起。敲门声出自昭通旅馆，但却回荡在水城火车站灯火辉煌的地下通道中。他相信这是灵肉分离的幻觉，出现在水城火车站的那一个他，正在车站广场上，向一个算卦的人咨询，他适合做什么工作，这种工作什么地方可以找到，躺在昭通旅馆床上的这个他，听到敲门声之后，从床上爬了起来，没有立即去开门，而是匆匆忙忙地咽下了一把黑色的药丸。药效上来了，敲门声也更响了，在灵与肉即将合为一体又没有合在一起的瞬间，他脑袋里总有两个画面在不停地转换。一个画面是黑衣人在一遍又一遍地对他说："你将死在昭通……"另一个画面则是，他二十五年间都是给殡仪馆守大门,每天晚上,他都会一再地喊叫:"昭通,我为什么要死在昭通?"这一个被黑衣服的人拯救而又诅咒过的可怜虫,当他听到敲门声再一次响起,既兴奋又恐惧,终于走到门后,脸贴着门,小心翼翼地问敲门人:"你是赵斌吧?"

敲门的人哼了一声,没有回答。

他稍有迟疑,但还是把门打开了。门外没人,空空的走道上,秋风从破朽了的木窗外吹进来的几张梧桐叶,还在翻动着扇形的身子,发出微弱而又刺耳的类似于碎裂的声音。他弯腰捡起一张,双掌一合,揉碎后,装进裤袋。他苍白的脸上,闪过一丝幽暗、落寞的笑容,口中念念有词:"杀死你,我要杀死你!"然后,下楼,走出了旅馆。他已经走远了,老板才自言自语地说:"水城人,你等着吧,赵斌说了,他一定会来找你!"

天国上空的月亮

一

母亲对我说:"门前的这条河流,很多年没有人跳水自杀了!"这条河流已经不能称为河流了,它不流动,听不到水声,即使某一天下游拦河大坝上的闸门打开,它也是块河流形状的板结了的奇怪的物体,被一种邪门的力量推动着向下移动。这些板结了的水,由形形色色的原料组成,有农耕时代的死畜、玉米秆和稻草,也有充满现代性的塑料泡沫、塑料袋子、牙刷、避孕套、塑料模特,等等,如果你戴着防毒面具,决心对这些东西进行更准确的细分,里面还有超现实主义、魔幻现实主义、象征主义、野兽派、存在主义和革命的浪漫的现实主义的边角废料。它们彼此之间没有距离感,互不排斥,死死地抱在一起,尽力地挤出体内的水分,将流动感和声音,将浪花和波涛彻底扼杀。

河面上生长着疯狂的恶之花和恶之草,如果中午的太阳足够毒烈,那恶的灰色气泡就会为人们奉上浩浩荡荡的恶心的气味,以及永无宁日的眩晕。死亡是体面的,自杀有着殉道般的尊严与圣洁,谁会一头栽到这河水中去?所谓流动的墓碑,所谓让流水把灵魂送抵大海,我现在看到的这条河流,已经担负不了如此神圣的使命。

母亲在这条河边生活了七十年,她能回忆起一长串投河自尽的人的名字,当然也能说出这些注定要从舍身崖上往下跳的人,他们轻生重死的缘由。母亲说,现在,河的两岸仍然有很多走投无路的人,但他们都选择了喝农药、上吊、用刀抹脖子或吃安眠药。有些心思复杂的人,则在决心赴死之前,进城去打工,或从高楼大厦的脚手架上往下跳,或让电把自己触死,也有人故意骑着摩托去撞汽车,目的都是在死之前,给儿子挣一笔赔偿金……在母亲见识过的死亡中,最让她接受不了的是我的一个表弟。这个表弟的妻子不堪生活的累重,悄悄离家出走了,把四个嗷嗷待哺的儿女扔给了他。表弟天生无能却又阴邪无比,他自忖自己也养不活这个家,又没勇气自杀,提上一把菜刀便去杀人。他杀人的目的是让法律将他杀死。他砍死了一个孕妇,自己也被判了死刑,被枪毙在一片荒坡上,由于其一刀两命,罪孽深重,他的父母也羞于去收尸。

死亡,特别是人们自己主动选择的死亡,正以不同的形式,赋予死亡难以逆转的残暴乃至卑劣的多向性。死亡坠落了,多少死亡已经配不上人世间的安魂曲,多少死亡陷入了对死亡本身进行控诉和羞辱的循环圈。唯一的例外,十多年来,在这条河流的两岸,人们持守了决不死在河流之中的底线。

二

    在猪厩里,他度过了自己的暮年
    但他没死在猪厩里
    他死在了比猪厩
    更加脏脏的地方
    死的时候,他看见了天国上空
    冷冰冰的月亮,没有看见
    他的五个儿子
    月亮知道他有五个儿子
    还知道这五个儿子
    在五座城市的出租房里睡得正香
    他不奢望儿子们
    会在梦中惊醒
    他只求这轮天国上空的月亮
    在他死后,把闪着寒光的白布
    盖在他的尸体上

现在,我们的身边每天都在发生着只有神话中才有的大悲或大喜,神性没有唤醒人性,悲剧总是拔地而起,喜剧也从不需要铺垫,生活的每个点上、面上和每一条线上,处处都是悬崖或无底洞。这个死在短诗中的老人,现实生活中,他是我童年和少年生活中的邻居,名叫吴龙生,一个远近闻名的木匠。在听到他的死讯时,我正坐在由宁波开往上海的高速列车上,手上捧着一本诺曼·马内阿的书《索尔·贝娄访谈录——在我离去之前结清我的账目》,并且刚好读到两人关于卡夫卡《变形记》中关于大屠杀的对话那一页:

诺曼·马内阿:"我们所有人都被自然判处了死刑,但在故事中,在集中营,你以一种非常人工的方式,残忍地早早死去。这种方式出现在了那个故事中,而它与法国人所谓的'宇宙集中营'有着深切的关联。"

索尔·贝娄:"哦,乔治失去了自己人的属性,变成了一个物体,一个可以被扫进簸箕的物体……是的,我总在想这些问题。我们都在想,我猜,而没有得出任何答案……唯一的解决之道似乎是快乐地死去,或是在快乐的时刻死去,这样你就能够逃避这种人人都会毁灭的残酷性。我不明白,既然死亡普遍存在,我们为什么要如此煞费苦心地对待它。它会发生在所有生物身上,那些知道死亡和那些永远也不知道死亡的生物。有时我认为上帝给予动物的最大礼物是：不去想象死亡。它们不去想它，它们不跟它理论，除非是在凭借其本能逃离危险时。但是，当他看到我的猫在窗外舒展开身子晒太阳时，我嫉妒它。我对自己说：'它不会被死亡之思所萦绕。这是些只会给人类带来不幸的想法。'"

吴龙生的死讯，是吴龙生的小儿子以手机短信发给我的，还告诉了我吴龙生葬礼的时间，希望我抽空回老家一趟云云。我当然没有回复他的短信，他在父亲没有"死亡之思"的死亡发生之后才现身，而且摇身一变，做了"孝子"，这是对人伦和死亡的公然挑衅。索尔·贝娄还说过一句话："过去的人死在亲人怀里，现在的人死在高速公路上。"他没有过去，失去了获取过去的可能性，而他的父亲也以自己的死告诉了他，父亲没有死在亲人的怀里，而他以及他的四个哥哥，已经死在高速公路上，死亡由肉体的消失普遍上升为灵魂的灭绝。所谓父亲的葬礼，也已经沦为宣布吴龙生死亡的仪式，一种恐怖的戏谑必然会在葬礼上，与五个儿子如释重负的心态会合在一起，继而形成一出荒诞剧的中心思想。谁都能够想象，一个被遗弃的父亲，当他自行了断了生的历程，世界出现了短暂的鸦雀无声，可随后又多出来一场试图逃脱道义审判的隆重葬礼，这场葬礼肯定是可疑的、反常的。我们只能将这场葬礼当成那五个儿子在上帝面前仓促写出的一篇命题作文,也可以说是五个儿子在替自己收尸之前,仓促拍摄的一部送交上帝审查的微电影。哭声、经幡、纸钱、长明灯、遗像、挽联、花圈、度亡经、送葬队伍,以及不朽的墓碑,都失去了自己的属性,纯粹是人工意义上的速朽的一次性道具。

高速列车停泊在杭州站的时候,我违禁地走到站台上去抽烟,一个年轻的江南男人过来向我借火,随口问我:"先生要去哪儿?"我说上海,他说他也是上海。他伸手来接我递给他的打火机的一瞬,我看见他的手背上有个文身,图案是一具骷髅。我顿时觉得向我借火的人,他在死神手下当差。本来要收回的打火机,我告诉他:"送给你了!"他收下了没有说谢谢,显然没有把打火机当成纪念品。我回到车厢里,他还在站台上抽烟,当他返回车厢之前,我看见他把打火机丢到了垃圾箱里。他与我不是一节车厢。

三

吴龙生是投河自尽的。投河之前,他把身上的衣服全部脱了,放在他住的猪厩的土墙上,赤身裸体地来到河边上。那时候是午夜,所有住在河流两岸的人都睡了,只有天上的那轮月亮,照着他的白发和同样苍白而骨锋奇崛的身体。他像一个灵魂和肉体双重的无政府主义者,有些费劲地拖着自己的影子,一点也不害臊,更没有羞耻感。按说,从村庄里经过时,他会有驻足和张望,每一户人家里，都有他做的灵牌、衣柜、供桌、床、饭桌、凳子、门窗和棺木，甚至很多房屋的屋梁、楼枕和柱子都是他一斧一斧地劈出来，又用刨子弄光滑，再用桐油和土漆刷得油光可鉴的。特别是棺木，外行人不知道，就那么六块厚木头，以为只要能将其按尺寸组装得严实合缝就可以了，殊不知，它才是考量一个木匠德艺的试金石。这六块厚木，把尺寸弄对了并不难，难在每个局部都得有统一的贯通始终的庄严和肃穆的法度，难在如何才能将六块木头变成可以拆开又浑然一体的一个小世界，难在木匠们必须给死者提供一个好的尽头。它不能用铁钉，也不开槽，有限的几个楔头必须妙到毫巅，只要哪个细节多推了一刨子，或少了一平斧，凸凹于发丝之间，就免不了漏风，甚至压不紧，严重的则可能导致六块厚木仍然是个体，没有变成棺木。漆水问题，常常也是阻碍一个木匠是否能成为好木匠的鬼门关，而棺木的漆水尤其如此。在工业油漆已经横行天下的年代，唯有棺木，人们仍然只选择土漆。从漆树的选择、采漆的时候、熬制、配伍到上漆，整个程序中，处处都要功力和经验。再好的木材做棺木，埋到土中都难免腐朽，但只要漆水好，上了一层漆，又上一层，直至漆水在棺木外形成厚达数毫米的保护层，遇水挡水，常年的湿气难以浸入，那么，木质稍差的棺木也可确保百年乃至千年不腐。漆水的好坏还体现在外观上，好的漆水，蒙尘百年，毛巾和红布一擦，仍然可以做镜子。多少百年夫妻或少年怨偶，一方离世，另一方扶棺拭泪，用衣袖不断地擦拭棺木，目的也就是想从先亡者的棺木里看见自己，或把自己也移至棺木中，随之同行。不好的漆水，则是浊浑的，没有光泽，也做不了镜子，让棺木成不了阴阳两界通灵的载体。

在吴龙生还能挥斧拉锯的时候，这个村庄里的棺木几乎全部出自他的手上。从普通的一桌一凳，到灵位再到建房起屋，直到棺木，吴龙生安顿了人们日常的栖居器物，也给了人们生命尽头上的一座座小宫殿。那些年，即使饥馑、灾荒、人祸不断，手上的技艺和背上的工具箱，都能保证吴龙生及其家人过上相对殷实的生活。他在替人做活计时，自然少不了大酒大肉，再不堪，也有豆花和米饭。不给人做活计的空闲日子，他背着手，吸着机制香烟，往村庄里一走，正在吃饭的叫他吃饭，正在喝茶的马上给他上茶。有人从衣服袋子里找出半包皱麻麻的烟，在给他递上之前，还得拉伸展了，这才小心翼翼地递上，见他含到嘴上了，还得毕恭毕敬地把火点燃。附近的村庄也常常有人来找他帮忙，他工具箱一背，就跟着人走了。十天半月后回来，也有人在背后跟着，或背着一支火腿，或挑着一担大米。也有人直接给钱，他装在贴身的牛皮烟盒里。回到村庄，碰到某人，把烟盒拿出来，表面上是给人发烟，意思则是在炫耀。有些年头，我家顿顿土豆白菜，他家仍然白米饭红烧肉，他的儿子们吃饭时都喜欢端着碗，在村庄里乱窜，那一坨坨红烧肉，惹出了我多少口水。让我最羡慕的是，春节时候，我们能得到的压岁钱，顶多也就两角，他的几个儿子年年都有十块钱，真的是巨款了。稍有不同的是，我的两角钱，一般都买了连环画，他的儿子们的十元钱，大多在乡村锱铢必较和小奸小滑的赌博游戏中输得精光。让我的父母大为不解的是，吴龙生对此从来不恼，没听他对着儿子们咆哮过一次。同样，当几个儿子后来纷纷做了学校的人渣和逃兵，他也不动怒，似乎他心里早就想明白了，五个顽劣的儿子就是自己的五个圣徒。作为一方幽闭的水土之上的木匠教主，他不相信世界在他闭眼之前未经他的同意，就会出现一种让自己没有立锥之地的宗教。令人唏嘘的是，当一个时代果然在很快的时间内，撤走笑脸，而将下流的屁股对着他时，他还以为这只是一个天生淫邪的寡妇在跟他开玩笑。在教主似的幻觉中，他没有发现，乡村的木器已经被塑料、纤维板和不锈钢器物取代了，火葬政策的推行，使做棺木的行为也已经成为一种秘密的地下活动。直到五个儿子断然拒绝跟在他屁股后面学习屠龙术，并抛下他纷纷去了东莞、深圳、温州、上海和北京，宁愿死在外面也不愿守在他身边，他才发现斧子、凿子、刨子、锯子和钻子全都生锈了，墨斗里早就没有墨汁了，工字尺、漆光闪闪的自制三角尺、钉锤，找了半天都没找到。儿子们离开了，也没人再来找他做木匠活，两者之间仿佛没有直接的联系，实际上它们是由同一个魔鬼所操纵的，只是他没有看见这个魔鬼，更不可能知道这个商品经济的狂魔才是真正的教主。

妻子活着时，吴龙生还有个依靠。妻子去世时，所用棺木是他的收山之作，但那棺木上，木漆的镜子没能带走他。而且，靠老邻居们的施舍，他比所有的老邻居生命更绵长。村庄曾发生过一次地震，死了不少人，他的房屋也倒塌了，搜救人员却听见了他从地下传出的呼救声。扒开废墟上的屋顶，他竟然从废墟底下自己走了出来，没受到半点的伤害。政府发放重建家园扶助金，他没有再建房，搬进矮小的猪厩，猪一样，活得静悄悄的。偶尔，他才拿出一点扶助金，颤颤巍巍地出去，买食品，也买上一条劣质香烟。村子里的老人死光了，年轻一辈大多数外出了，孩子们他都不认识，每走一次他都上气不接下气，像走在想象过多次的黄泉路上。

不过，对死亡的问题，之前他也没考虑过投河自尽。照他的愿望，五个儿子，至少有一个会回来，他想有人接住他的最后一口气。两年前的春节，他去找了村子里外出打工回来过节的所有人，分别给儿子们带口信，希望他们能回来，把自己埋了。一个在东莞打工的人，还拨通了他二儿子的电话，他以为至少会有一个问候，想不到二儿子开口就问："你这老不死的，还没有死？"他卡住了，没吭声，把手机还给那人，出了门，走在布满积雪的回家路上，忍不住老泪纵横。他等了两年多时间，没有人回信，也没有人回来。终于不想等了，也不想给死亡一份体面和尊严，只想让不堪的死亡悄悄地把自己带走。

四

　　月亮看着吴龙生，射出的光，却又无力拉住一个断了生念的老人。他知道纵身一跃，身体会浮在水面上，于是慢慢地走下河堤，一层一层地把水的皮沉重地撕开，待水面上出现了一个足够他身体穿过的窟窿，他使出最后一丝力量，一头就钻了进去。水面上没有出现所谓的涟漪和漩涡，河岸上也没有留下任何衣物之类的东西，作为死亡现场的证据。只有月光的安魂曲感动了月亮之神，将他的遗体打捞起来，托举在空中，洗干净了，超度了他的灵魂，这才把他放在河堤上，为他盖上了一层遮羞布。但在现实生活中，他没有接受月亮之神的恩赐，到了水底，一点儿重新爬上河岸的愿望都没有。把头从窟窿中伸出，再看一眼人世、再喘一口气？这样的念头早就被他扼杀了。或者，临死前忍受不了河流的恶臭，倏然反悔，又把头伸到河流之上，向死寂的夜空求救？他没有这么做，当人们发现他的时候，他其实已经把自己变成了垃圾，肿胀的尸首，把河流上的那个窟窿严严实实地弥补起来了。他的背上还停了一只乌鸦。

在凤凰山上想

我独自去过很多次凤凰山,没人可为我作证,我似乎也不需要谁为我作证。这就像一棵树生长在山上,一只鸟飞到了这棵树上,它们互相不是证人,它们也不用其他树或其他鸟为它们作证。在那条蜿蜒而上的公路上行走,我遇到过几个少年,他们对着公路尽头的月亮大声地喊着什么,嗓音沙哑极了。他们看见我一个人上山,很快消失在松树林里,然后躲在我必经的一个弯道处,用鬼叫的声音恐吓我。

对着秋风里的松树林,我告诉几个少年:"我也装鬼吓过人,不仅用声音,还用脸谱,甚至躲在坟地里……"松树林中的少年们突然哄笑了起来,随后,告诉我,他们没有装鬼的经验,因为他们就是一群鬼。我没有再理会他们,以更快的速度向山顶走去。我只想在山顶上坐下,不看万家灯火,也不在月光下寻找生活过的村庄,就是想心无杂念地坐一会儿,像老僧入定那样。老僧可以花大量的时间去入定,我没有那么多时间,也不可能每天都住在凤凰山上,我的入定只能是老僧入定的一个瞬间。

如果在静坐的时间内,我不能进入无我或飞升至高空俯视我的其中一种境界,我会在心里给昭通市的每一个乡镇重取一些名字,没人认可它们,只有我一个人在写作的时候使用。就像旧圃镇,我一直叫它土城乡,竟然让编辑和读者都一直以为昭通市有个土城乡。不过,昭通市也的确有过一个土城乡,在我的记忆中,它最先叫土城公社,后来改成新城公社,后来又改成土城区,再后来又改成了新城区,最后,它被并入了旧圃镇,像一个人被活埋在了凤凰山上。这种改换地名的行为,我非常不认可,举个例子,比如,我的父母在土城公社时享受的待遇,到新城公社时就有可能被取消了,同样,在土城乡时政府答应批给他们的宅基地,到了旧圃镇时政府就可以不认账了。这说明,改变地名或重新进行地理区划,是制造和遗忘人间纠纷的捷径之一。为了对付这随时可能发生的事件,一个书生,我当然只能在自己的可控条件下,编一本不为人知的地名志。我已经厌倦了,因为别人改动自己故乡的地名,我得一次次在档案材料中修改故乡的名字,仿佛我是一个逃亡的罪犯,必须不停地给自己换一个新的身份。

昆仑山、高黎贡山、祁连山、泰山,包括凤凰山,这些山是幸福的;长江、黄河、澜沧江,这些江河也是幸福的,因为没人敢改动它们的名字。坐在凤凰山上,我想旧圃镇应该向历史道歉,把从土城乡拿走的一切都还给土城乡。不过,这也只是想想,没几个人会觉得把土城乡改成旧圃镇有什么不妥,能洞见其中迷局的人就更少了。

有一次,在凤凰山上独坐,我破例没想土城乡的事,而是想到了守望乡。之所以想到守望乡,是觉得这个名字比土城乡还古老,还悲怆。至于太平乡,我就从来没有想过,它赤裸裸的愿望,肯定得赤裸裸地去争取,一想,我心里本来还存在的一丝太平,瞬息之间就消失得干干净净。报纸上说,东北的一个上访者,被人关在太平间里,结果这个人争取个人太平的内心火焰始终没被扑灭,身在太平间仍然在用自己的灵魂不停地上访。不想则罢,一想就觉得凤凰山夜晚的秋风,比冬天的北风还像无形的刀子。

彩虹

一

时间一直在消灭生命,我们也站在被它消灭的队列里,我们却如此热爱它、珍惜它,向它一再地妥协,缴械投降。与那些被处以极刑的死囚有别,他们没有机会继续行使爱与恨的权利,否则,我们所保持的对时间的态度,就等于他们在死去后的漫长时光里,心怀畏惧却又痴迷地爱上了刽子手和其手中的屠刀。我们不曾与时间交火,也没有与它赛跑,令我们无比头疼的是,季节和年份的划分以及钟表制造,时间从来没有现身,都是我们单方面的行为,它仿佛是人们臆想出来并悬在自己头顶上的国王的宝剑,我们走到哪儿,它就跟到哪儿,并把末日带到哪儿。它是不能反对的,它像圣徒们最后的晚餐,任何人都知道背叛意味着什么;它是鸟儿最后的天空,自由的飞翔一直存在着边界和终点;它其实就是我们自己安插在生命流程中的死神的丧钟,左手想让它停止走动,右手则在帮它拧紧发条。

二

在镇雄县乌峰镇街边的一个猪脚米线摊上,呼吸着呛人的煤烟,我和几个外省诗人,一边讨论着尹马和王单单诗歌的空间问题,一边抱怨着初冬时节湿冷而又乌烟瘴气的鬼天气。

朱零说:"这猪脚有肉的味道,真香,我们一人再来一只猪脚和一钢化杯雨河酒?"时间已是午夜,街道上的行人都拖着自己或长或短的影子,他们多数是些醉了的酒徒,人和影子都在飘荡、挣扎、手舞足蹈,让人很难分清哪一个是人哪一个是影子。他们从我们身边走过,或浮或沉的脚踩在泥泞中,溅起来的泥浆,落到了我们面前的木桌上和土碗里。其中一个,听见朱零的话,一屁股就坐到朱零旁边,摇晃着脑袋,大着舌头,对朱零说:"来,来,来,兄弟,我陪你,一定让你喝高兴!"朱零也不拒绝,猪脚和酒一上来,两人便称兄道弟地喝上了。

朱零问那人:"你叫什么名字?"

那人很诧异地望着朱零:"什么?你问我叫什么名字?我怎么知道自己叫什么名字?"

朱零以为碰上了借酒撒疯的家伙,但还是耐着性子问他:"那我怎么称呼你?"

那人答:"人们都叫我麻风病。我的名字就叫麻风病。你就叫我麻风病就行了。"

我们没心没肺地坐在旁边看着，相信这近乎荒诞的酒局里有一张底牌，但谁都不知道这张底牌藏在哪儿。就我个人的审美和想象力来说，一群外省诗人出现在午夜的街边，这是合理的，一个自称名叫"麻风病"的酒鬼旁逸斜出，突然成为酒桌子上的主角，则显得十分诡异了。按照以往的叙事习惯，即使要在故事中的午夜的酒桌上安插一个没有合法身份的人，我喜欢选择蒙面人、梦游者、饿死鬼、盗墓贼和哑巴，他们中的任何一种人，都有助于文字空间的开拓，可以让我恣意汪洋的想象不拘于泥而又合乎逻辑。"麻风病"不在我的阅读和写作的经验范围内，1999年冬天，在世纪之交的鞭炮声里，阅读保罗·布兰德与菲利浦·扬西合著的《疼痛：无人想要的礼物》一书时，我看重的也是医生对希波克拉底精神的践行与思考，只是顺带着用目光扫描了一下具体的病症和具体的麻风病患者。该书认为，疼痛感是人类最卓越的特权之一，无人想要，可它一旦消失了，生命将会变得更加可怕。没有了疼痛，你可能会取自己的血去画画，你可能会毫不吝惜地剁掉自己被诅咒过的一只手臂。有很多的可能，都源于你患上了"无痛之症"，从而把自己的身体当成了一堆垃圾。在这本书的文字中间，一位印度病人用裸露在外的胫骨奔跑，白骨扎进土里，小石子和树枝则塞满了他的骨髓腔，他还为自己奔跑时的速度如此之快而自豪，对随之而来的截肢手术非常漠然。他一点儿也不痛，因为他是一个麻风病患者。

"麻风病"频频与朱零碰杯,不时也把目光转向我们,嘴巴里叫着:"喝,喝,你们干吗不喝?"说完,也不管别人喝不喝,自己就大大地喝上一口。看样子,他的年纪在四十五岁左右,一脸的肉疙瘩,穿着一套很少有人穿的中山服,衣领和袖口都破了,鼓鼓囊囊的胸袋里似乎装着一包香烟和其他什么杂物。他双手握住猪脚往嘴巴里送的时候,我看见他的两只手掌总共只有六个指头。那一瞬间,我承认我的脑袋里有一只鞭炮炸响了,因为我意识到与我们同桌饮酒的这个人,他可能就是一个麻风病患者,至少他有过麻风病症史。当然,我没有愚笨到害怕就此感染上麻风病的地步,但忽然来临的恐惧促使我心生恶念,我决定试一下,看他还有没有痛感。《疼痛:无人想要的礼物》一书中的布兰德医生,因为劳累导致脚跟神经过敏而丧失痛感,遂怀疑自己感染了麻风病。一天晚上,他把一根缝纫针狠狠地扎进了自己的脚跟。令他欣喜的是,当缝纫针扎进脚跟,"我从来未感觉到像疼痛那样鲜活、麻酥酥的快感……我祈祷,感谢上帝赐予的疼痛……"

手上没有任何尖锐的器物,我只好耐心地等着"麻风病"啃猪脚。当他把猪脚骨头扔到桌上,不等他又去与朱零干杯,我迅速抓过猪脚骨头,狠狠地就打在了他伸向酒杯的右手上,嘴巴还嚷着:"嘿,你看,骨上还有这么多肉,啃光掉,拿去,啃光掉!"令我心安并快乐的是,这一次击打,"麻风病"发出了一声尖叫,还一脸怒容地望着我。如果不是朱零及时端起杯来叫他喝酒,难说他不会站起身来，以酒鬼的方式向我大打出手。在镇雄街边长大的诗人王单单，在总结什么是"镇雄精神"时，曾经一针见血地指出，所谓"镇雄精神"，就是镇雄人"拿起笔杆子上得了庙堂，拿起枪杆子战死在沙场"。我很清楚，"麻风病"之所以因酒而克服了血性，为了与朱零斗酒而没有与我火并，主要是因为体内暗藏的那个酒坛子，闲置多年了，酒还没装满，酒精还没有被血液的火焰点燃。

散伙时，天都快亮了。我与"麻风病"约了下午在"古芒部"茶馆见面。他的醉态夸张，但在看我的时候，那一束冰冷的目光告诉我，他没有醉。

三

在乌蒙山中，有这么一个风俗：大年初三，人们都不能到野外的江河与溪流中取水，甚至水井里的水也不能碰，因为这一天，是属于麻风病人的。麻风病人也要过新年，初三日，传说中的"癞子之神"，他会从山洞中走出来，到水里去清洗自己满身的疮口和疤痕，天下之水都是脏的，谁一旦饮用或用这一天的水耕地和清洗衣物，谁就会患上麻风病。所以，初二的那天，人们不管是沉溺于喝酒，还是忙于赌钱，都会抽出时间，担水把水缸和木桶灌满，初三，除了家中之水而外，任何水都不敢沾手。把一年中最珍贵的日子之一,划拨给麻风病人,可以看出麻风病在这一区域的流传之广和染病人数之多,亦可发现人们心底隐藏着的巨大恐惧以及残存着的一点点慈善。在我的记忆中,听说过很多乡野中处置麻风病人的事件。有的麻风病人被儿女强行装进棺材活埋,有的被邻居放火烧死在家中,有的被人偷偷地装进特殊的器物抛弃在荒无人烟的山丘或山洞,有的则一生被家人关禁在屋底的地窖……死亡,需要足够多的体面与尊严,它不能是别人强行送来的礼物,更不能是别人体现集体意志的利器下的白骨,它的个人性只有上苍才能染指。因此,我听得最多的麻风病人之死,是自杀。自杀的形式多种多样,其中被采用得最多的,还是跳进无底的山洞,自绝于世界。

四

开你家门,

打你家狗,

跟你家要碗老甜酒。

你不给,

我不走,

一直守在你家大门口。

这是一首镇雄儿歌。当它由一副沙哑、低沉的中年男人的嗓音唱出来，它已经不再是儿歌。歌声甫一结束，我听见茶馆的服务员开始用尖厉的声音，驱赶着一个上门乞讨的人。那人似乎在哀求，服务员不为所动："滚开，你再不滚开，我要喊人了！"

"喊人？你喊啊，喊来把老子杀了？"上门乞讨的人嗓门突然高了起来，"老子正愁着死不掉呢，今天倒要看看你能喊来什么人，看他敢不敢把老子杀了，老子今天哪儿也不去了，非死在这茶馆门口不可！"随后，双方陷入了漫长的寂静，我大抵能想象出两张狰狞的脸，四只怒目，僵持住了，谁都不让谁，同时又都在想下一步该如何开口，都在盼着最好有一个人及时出现，表象上调解，实际上做自己暗中的支持者。他们谁也没再说话，代表第三方的人也没从地下冒出来。我合上手中的书，喝着茶，静候着，看这场声音的戏剧该怎么收场。有一阵，我也觉得自己应该走出包厢，到茶馆门口去，分别把他们拉开，可我一直没有站起来，心里甚至希望他们不要戛然而止，应该把自己最犀利的足以让对方胆寒的话全部喊出来。事实上，最终的结果也许是双方都咽了一口唾沫，分别收起脸上的怒容，各做各的事去了，我想象中定格下来的对峙画面，像闪电那样仅仅存在了一瞬间。

茶馆的楼下就是街道，两边尽是杂货店、小餐馆和服装店。这些铺面的门口又摆满了形形色色的地摊，地摊前人来人往，汽车和电动车在人流里拼命地响着喇叭。我坐在窗口，百无聊赖地数着穿白衣服的人数，我想，等数到一百个，我就去数穿黑衣服的人数，黑衣服的人数到一百，我接着数穿红衣服的人。如果数累了或不想数了，我就接着读书，直到街上的人散去，茶馆关门。这次随身带着的书，是一本《横江匪事集》，出自一个寂寂无名的乡村写作者之手。与众多的志办图书有所不同，这书全部是土匪临死前的口述，没有舆论导向，也不讲究叙事策略，清一色的信口开河，想到哪儿说到哪儿，许多故事或突然横空出世，或在节骨眼上急刹车，让人一看就知道，那些讲述者尽管有所保留，但目的只在于借这个机会把心里的话一说了之。在这些故事中，暗探、带头大哥、贩夫走卒、戏子、地痞、游击队员、和尚、懒汉和不明身份的人，死去或活着，互相穿插，张冠李戴，乱七八糟地组合成了一个穷途末路而又活力四射的旧社会。从一个个口述者的语气中可以看出，他们并不向往秩序井然、克己复礼的生活环境，他们就喜欢在一个没有底线和约束的烂江湖里鬼混。书中的一个故事，讲的是抗日战争时期的事情：一群四川宜宾的妓女乘船逆江而上，探访一个个土匪窝，动员大家有劲别在女人肚皮上施展，是男人就得去参加长沙保卫战。多数土匪窝的人取笑她们，强奸她们，但她们并不气馁，穿上衣服，花枝招展地又去了另外的土匪窝。最后，在一个土匪窝里，这群妓女豪气干云，与一群土匪喝喜酒，拜天地，发誓夫唱妇随扛起枪杆去与鬼子拼命。结局却很不幸，他们乘船顺江而下，行至自贡地界，船翻了，只有几个水性好的人侥幸逃生。

书中也收入了一则关于麻风病患者的故事。一个匪首,为了与民国云南省政府组建的滇东护路大队抗衡,夺取中原入滇之路的控制权,下了血本在川滇交界区域招兵买马,恶狠狠地抢占道路两边的关塞和山头。在他的队伍中,有一个中队叫"麻风决死队",队员全是早期麻风病患者,在与滇东护路大队的一次次交火中,这个中队总是让对方闻风丧胆。他们不怕死,打断了他们的手和脚,他们仍然不会倒下,还能继续搏命……

茶馆关门,已经是晚上十点左右。我出门时,终于看见了那个唱儿歌的乞讨者,他就坐在茶馆的门外,还在低声唱着那首儿歌。"麻风病"没有出现,我决定再去夜市看看,不知道能不能碰上他。

五

墨西哥有句民间谚语:"他们试图把我们埋了,但不知道我们其实是种子。"可对于天坑底部麻风村里的人们来说,他们真的一度被埋葬了,而且他们不是种子。

"麻风病"说他不知道自己叫什么名字,这不是谎言,麻风村里多数人都不知道自己有过名字,他们也不知道自己是什么地方什么时间出生的。他们没有床位,没有编号,也没有医生和护士按时来给他们进行检查、督促他们吃药,他们就是他们自己的祖先或儿女,自己就是自己的上帝或死神。在他们记忆的源头上,那是一个近乎混沌未开的时空,当人们发现他们可以用快刀剁下自己的手指以供别人取乐,而且他们身体的很多部位正在腐烂而他们一点也不在意的时候,特别是当人们洞察到他们的心灵已经死了,像用钉锤从木头中取出生锈的铁钉那样,他们就被医生和民政干部从火热的生活现场,连根带蔓地剔剥出来了。把他们安顿在什么地方才不至于把病症传染给别人?飞地、禁地和山洞都已经住满了革命者和躲避革命的人,悬置在空中的阁楼尚未建成,通往月亮和火星的栈桥还只存在于诗歌作品中,人们一时想不出来,应该把他们送到哪儿去。最先想到天坑的那一个人,其实他最初想到的是火焰和天堂。他在办公室里拍脑袋,长吁短叹,急得团团乱转,最后才自言自语地说:"唉,真想把他们一把火烧了,直接送到天堂去!"没想到,"天堂"这两个邪劲十足的字,从他的舌头上慢慢滑出的一瞬,这位仁兄突然眼前一亮,迅速想到了天坑。天堂和天坑都是没人亲身去过的地方,天堂不知道在哪儿,天坑则就在距县城不远的乱山丛里。

当年运送麻风病人的人,要么死了,要么继续保持着沉默。可以想象,由于担心传染,这些麻风病人差不多是被锁进棺材一样的器物里,从不同的乡镇,以不同的运输工具,很快就被运送到天坑旁边。人们先是往天坑里扔石头,确认天坑是有底部的,不是无底洞，特别是当他们扔下去的石头还惊起了一群群飞鸟，他们就往天坑里扔下了玉米、水稻、土豆和各种蔬菜的种子，同时也扔下去了一批农具和很多的阿司匹林及一些止痛与消炎的药。然后，他们把麻风病人装进了竹箩筐，又再把竹箩筐系到一根根长绳子上，这才轻轻地，慢慢地，把竹箩筐垂直地放进了天坑里。开始的那几年，有人按时来到天坑边，像天女散花那样，往天坑里撒放药物，后来，见天坑里无声无息了，人们慢慢地也就把天坑和天坑里的人们忘记了。天坑里升起的炊烟，没有人看到，看到的人们也装着没有看到。那些年头，人们忙着名目繁多的各种运动，天坑之上，四海翻腾云水怒，五洲震荡风雷激，人们的每一块肉、每一根骨头、每一个大脑里的想法，全都被放到熔炉里和照妖镜里，一一地进行锤炼和甄别，有很多人不明不白地死去了，变成了自绝于人民的垃圾，也有很多人百炼成钢，成为时代的中流砥柱。

时间和时代，它们忘记了天坑。天坑里风平浪静。天坑上面的人，谁也没有想到，天坑里有一个溶洞，里面不仅吹出清风，还有一泓溪水流出来，浇灌着天坑里的一片沃土。这些遭到鬼神诅咒，被世界彻底抛弃的人们，本能地搭起一座座窝棚，开始用露出白骨的双手垦荒种地，顽强地把残肢断体存活了下来。一个未解的谜团也因此出现了，这些有着扁平的鼻子、没有双眉和时刻都可能失明的人们，除了早期服食从天而降的简单药物之外，没接受过二苯胺化砜之类的任何药物治疗，但他们的病症竟然奇迹般的不治而愈。医疗与人道问题变成了八卦问题，当他们在天坑里组成家庭，生儿育女，或以家庭的方式静候着病症的消亡，或以天伦的快乐化解着天坑里的孤独，时间与生命的对峙关系，也迅速地幻变成了一个独特的社会，并上升为上苍对他们的体恤与恩赐，停止下来的时间让他们避开了更多的苦难。所以，当天坑之上的世界稍稍平静，他们便从天坑的底部，凿石筑基，于绝壁之上修了一条小路，通到了世界上。他们没想过一定要向世界重新报到，更没想过要以道义和弱者的身份占领人性世界的制高点，就连重拾做一个常人的尊严他们也未必想过，他们只想让自己的子女有一间上学的教室，但当他们的头颅从天坑里冒出来，他们还是把世界吓了一跳。世界没有饶过他们，时间和疾病却把砍向他们的刀剑收了起来。

一个从天坑里背着书包上来的少年，向我描述过他第一次看见彩虹时的情形："我以前只知道天空是个窟窿，太阳和月亮总是一闪而过。我不知道天上还有这么美丽的彩桥，第一次从天坑里出来就看见了它，我向它疯狂地跑去，结果自己不小心撞在了一棵树上……"这个少年，我视其为时间的孩子，他从母亲的子宫里平移到时间的小腹中，经历了漫长的孕育期。他对高山、大河、田野、云朵、彩虹、地平线和市集，有着天生的朝圣之感，这是上苍给他的基本人权，但他永远也不可能明白，如果他的父母以及邻居没有被扔进时间的黑洞,继而躲过了焚毁之厄,对他来说,他所看见的一切都会是子虚乌有。所谓时间的孩子,也只能是一个想象中的人物。

六

把一群人死里逃生的福报,归功于游离于时代之外的时间和空间,可以让很多人拒绝忏悔,甚至会让那些具体的执行者感到自己才是这群人的恩人。在《疼痛:无人想要的礼物》一书中,苏格兰医生罗伯特·洛克兰把防治麻风病的斗争核心确定为"一场宗教运动",发起了"一场反对流行日久的社会对麻风病患者施以污名的运动",他雇用两位麻风病患者在他家里工作,一个做他的私人厨师,另一个做花匠。同样,有着"麻风病学之父"称号的挪威医生丹尼尔·科尔内留斯·丹尼尔森,为了实验,他将麻风病媒介物分枝杆菌,通过皮下注射注入到自己和四个同事身上,结果发现他们五个都没有染上麻风病。与之相反的是,到了1985年,《疼痛:无人想要的礼物》一书的作者保罗·布兰德来到中国南京,发现大多数医生出于害怕仍然不敢医治麻风病。当中国医生看到布兰德拥抱麻风病人时,忍不住"倒吸了一口气",人们坚决不相信布兰德的女儿嫁给了一个曾经染上麻风病的人。麻风病的"污名"仍然像乌云一样笼罩在中国大陆的上空。

时间替一些人开脱了罪责，让有罪之身获得了一颗安稳之心。但从那个自称"麻风病"的人拒绝与我再次面谈这一事件上可以看出，时间延至2014年秋天，"天坑事件"仍然不是一个可以公开谈论的话题。三不朽人物王阳明说"破山中贼易，破心中贼难"，我们的心中仍然还有破不了的贼，这有承担不起的麻风病的污名之累，亦存在着对某些暴行和心头之病的掩盖与讳疾忌医。在从镇雄辗转贵州毕节乘飞机返回昆明的途中，我一直在想，当总是以扼杀我们为荣的时间终于对我们网开一面，既给了麻风病人度过死亡之劫的天赐之机，又给了我们审查和修正自己行为的巨大空间，我们有什么理由仍然把天坑视为死亡的深渊？它就是超现实主义的桃花源和乌托邦，那些时间的孩子，他们的未来不该继续在午夜的街头放浪形骸，也不该仅仅颤抖于大自然的彩虹之下，他们也许一时难以娶一个医生的女儿为妻，但人性与世道的彩虹，再没有任何理由可以拒绝他们。

日落渡

在大江掉头的地方,往往都会形成滩头,滩头上往往也会有一个个古老的村镇。金沙江劈山剁岭,但也有臣服于乌蒙山或凉山的时候,甚至在狮子山这座小山的脚下,它也难以击垮铜墙铁壁般的石崖,只好掉头向南。因此,在狮子山的对岸就有了芭蕉滩,芭蕉滩上就有了一个名叫日落渡的村庄。

村庄叫作日落渡,不是说这儿是太阳落下的地方。村庄以前没名字,抗战时西南联大偏安昆明,学校曾遣派了一批学生到乌蒙山地区搞田野调查。其中一位,只身来到日落渡,见这儿四面崇山阻隔,金沙江水急,远听不见战乱的炮声和啼哭,近看不见邻村的炊烟和半个人影,几十户人家或耕或渔或猎,芭蕉和竹林丛中,过的是与世无争的生活。所谓田野调查,听一些操着晋地方言的老人说来说去,除了祖上搬迁之路的迢遥艰辛有些意思外,其他就平平无奇,这人心想,就此作文,必然有仿制《桃花源记》之嫌,且新意全无,便没了著文之心,整日与村民饮酒、唱歌、跳舞。逢到他唱歌时,就将清光绪三十三年(1907年)学部图书局印行的初等小学乐歌教科书上的《击壤歌》一唱再唱:"日出而作,日入而息。凿井而饮,耕田而食。帝力于我何有哉!"唱得多了,村民就知道"日入"即"日落",有太阳回家的意思,晋人流落边地,内心思故土,一伙人酒桌上议过,就把村庄取名日落渡。

日落渡至今也没通公路,但在20世纪70年代末期,一天,急匆匆来了一群人,又是人口普查登记,又是访贫问苦,又是村庄的发展规划,弄得日落渡沸腾了好久,差点难以重归平静。这群人走后半年,又来了一些人,放下斧头、砖刀、锯子和墨斗,就号召全村人去山外背水泥和砖头。水泥和砖头背回来,根据那群人的头头的命令,全村人又摆渡过江,上了狮子山,取石的取石,伐木的伐木,弄回了无数的石头和圆原木。最后,经过一个月的繁忙施工,在村子中央的平地上,建起了一幢砖混结构的大房子。房子落成,一阵鞭炮,匾上的红布掀开,上面的文字是:日落渡供销社。之所以要在此设这个机构,头头说,日落渡还处在封建社会时期,必须让它一夜之间进入社会主义。

有了供销社,彝人李海明也因此从县供销社被派到了日落渡来当售货员。那时的日落渡属边远地区,为防止不良势力的渗透,组织上还专门给猎人出身的李海明配了一支老式步枪。有些乡下人到城里工作了,如果组织上想让他再回到乡下去,不给个官职,那肯定很难做通他的思想工作,李海明不一样,他把县城当监狱,一听让他来日落渡,高兴得向供销社主任又是敬烟又是鞠躬,嘴里千恩万谢。从小在山水间成长、狩猎、喝酒、游荡,山水是他的生死场啊。于是,调令一下,经过短时间的扫盲班培训,李海明扛着步枪,神采飞扬地就来到了日落渡。他一来,组织上安排,盐巴、散装白酒、煤油、香烟、布匹等一系列日用和农用物资,也随着人背马驮,源源不断地运抵日落渡。这些东西在货柜上一陈列,流光溢彩,日落渡人便排着队来参观,李海明便得意扬扬地向人们讲解手电筒、刮须刀和香皂牙刷等稀罕之物的用途和使用方法。听到人们啧啧有声,他就从坛子里打出几斤白酒,叫人们尽情地喝。人们喝醉了,就在供销社的门前倒头便睡或又唱又跳,醒了,又接着喝,无休无止,比过年还兴奋,还热闹。

这种生活正是李海明想要的。到县供销社工作以前,他本来是乌蒙山上的一个猎人,无羁无绊,自在得像一朵封建社会时代的白云。有一天,他在山上发现了一只虎,便一路跟踪,几次想射杀,都不是良机。没想到,这只老虎路过一座村寨的时候,村边的山路上,迎面就碰上了两个刚到村里来搞宣传的工作队员,两个人吓得浑身瘫软,老虎一跃而上,将其中一个咬成重伤,叼起另一个就往山林里走。老虎的身子刚刚进入林中,李海明的枪响了,虎头开花,一击毙命,嘴上叼着的人掉在地上半天才苏醒过来。为此,李海明被授予"打虎英雄"称号,还出席了在昆明召开的一个表彰大会。摘掉胸前的大红花,猎人李海明摇身一变,成了县供销社的保卫干部。那时候,同村的人都替他自豪,他的一个小阿妹,还特意亲手给他缝了一套新衣服,山一程,水一程,送到县城来，而他似乎也从人们的掌声和笑脸中，感受到了一份别样的生活的滋味。特别是给他授奖的那位身材高大的老领导，听说是位将军，拍着他的肩，亲切地跟他说："你这个小鬼，是当代武松啊，比我年轻时强多了，我只是杀了几个人，你却把老虎杀死了，好好努力，继续为人民杀老虎，如果杀得多，我亲自来看你，继续给你发奖状……"一席话听得李海明热血沸腾，还以为到供销社工作，任务就是继续杀老虎。杀老虎，每月又定期可以领钱领粮票，何乐而不为？殊不知，到单位一报到，领导说，他的任务不仅仅是杀老虎，平常就是坐在大门边的值班室，有人来，就问，防止有坏人破坏正常的革命秩序，当然，如果供运科要往边远的基层供销社送货物，他就去护送，护送途中如果遇到老虎，杀上几只也不是不行。可是，几年下来，大部分时间他都待在值班室。供运科送货，叫的人工都是些与他同样出身的人，根本用不着他去护送。他想去，那些人晃晃手里的猎枪，说不用，他也就不好再坚持。

请日落渡的人喝酒，第一个月，工资领下来，李海明便如数结清了。几年的工作经验告诉他，国家的财产是国家的，只有国家一定要给他的，那才是他可以自主支配的。而且，开始的时候，热情好客的日落渡人请他去家中做客，不管吃好吃坏，他都按政策规定执意要付相应的费用，有的人家勉强收下了，有的人家，男主人红着脸，大声地吼："李同志，如果你要这样整，老子以后再也不去供销社,也请你从老子家的门洞滚远点!"李海明隐隐觉得他妈的政策规定也太不讲人情了,而且也不符合乌蒙山千年不变的山规,不像老子李海明行事的风格,于是,同样红着脸:"你吼个啥,不收就不收,你以后去供销社,饼干、花生下酒,老子也免费!"胸脯咚咚咚地拍,豪气干云。接下来发生的故事,也果然像李海明自己所言,村里人到供销社去,饼干、花生下酒,统统免费,供销社成了日落渡人的公共场所,大事小事几乎都要在供销社的酒会上议过才算事。村里有个人叫刘高,上过几年学,有次与李海明讨论什么叫共产主义,李海明酒多了,说共产主义就是说,国家的也就是人民的,人民想要什么就可以拿什么。刘高就说,比如酒、红糖、白布,都可以拿了就走?李海明点头称是。

那时候的管理工作据说比较严格,但在山高皇帝远的日落渡,很多事就不一定了。再说供销社的任务不仅仅是销售,李海明的另一个任务是把销售回笼的资金,用来收购各种山货药材和土特产。有时候人们甚至可以在相同的价位上,登记后,以物换物。也就是说,在日落渡供销社,李海明的任务是将源源不断地送来的日用品售出,然后回收干竹笋、茶叶、葵花子、鱼干、杜仲之类,收支是否平衡并不重要,重要的是账目清楚就可以了。在扫盲班上,李海明学过一些账目方面的知识,但远远不够用,他想过请刘高来帮自己,刘高也曾毛遂自荐,不过,他还是决定自己的事就由自己做，就算做得像天书也不麻烦别人。事实上，李海明的账本也果然做得像天书，比结绳记事强不到哪儿去，更过分的是，记一段时间，记烦了，他干脆就不记了。有人来买布，说家里老人死了，等着做寿衣，但钱要等春茶上市，他挥挥手，叫那人记得一定要还上；有人来买针线之类的小玩意，说赊着，他更是不以为意，一杯酒下肚，谁买谁赊，脑袋里全变成一团乱麻，哪还记得清楚。不过，民风并不油滑的日落渡，绝大部分的人，赊的账，总是会还上的，还的时候一般还会对李海明深谢有加。要命的是，每天都有人聚集到供销社，酒一喝起来，就没完没了，喝到兴奋处，岂止饼干花生，很难卖出去的各种罐头，收购进来的鱼干、葵花子、火腿，什么都可以拿来下酒。地上的花生壳、糖果纸、葵花子壳堆了一层又一层，脚踩上去，软绵绵的，有下沉之感。半年后，县供销社终于发现有些不对劲了，发了那么多货过去，没有返款，回收的山货也少得可怜，就叫了一个干部到日落渡来看看。日落渡不通电话，那人上了门，半醉半醒的李海明才知道单位上来人了，心头一虚，操起床边的步枪，就把那人逼到了门外。

　　坐在供销社的门前，可以看见白光闪闪的金沙江。这条大江的上游寺庙林立，由此被人们称为翻卷着经卷的大江。可是，在日落渡一带，岸边没有寺庙，没有小和尚黄色的队伍，江只是流水的漕道，岸只是石头、竹子、芭蕉、庄稼和荒草，密实而又漫溃地遮蔽着的土地。李海明把县上来的人逼出来,突然把枪一丢,对着大江跪了下去。县上来的人,胸前没了枪管,发白的脸庞渐生红色,但还是一个转身,跌跌撞撞地走了,回县上去了。李海明跪了一阵,站起身来,供销社的门都没关,就去找刘高。他想让刘高帮帮他,把供销社里的东西全部分给日落渡的人们。刘高不敢帮他,他就一个人干,认真地将东西分成几十份,当天夜里,散发到了每户人家的门口。第二天,县供销社和公安局的人都来到了日落渡,供销社却人去楼空。李海明散发的东西,人们一一交还回来,李海明和步枪却下落不明。多年后,有人说在乌蒙山上看见过这个人,狩猎为生;也有人说这人去了凉山;最可靠的说法,那晚的后半夜,金沙江边上传来了一声枪响,李海明肯定是自杀了,被江水冲到大海去了。

上坟记

清明节的早晨,空气里的清凉,不像特殊日子里夹着苍灰和悲戚的那种清凉。它有着一丝不经意的苦涩,舌头尖上的茶滋味,夏日中午出自地下河的微风,隐隐约约,去意彷徨。同时,它还有着刺芒穿越肌肤的功效,由神经的秘密线路,将最细小的感觉信息,传送给无所事事而又异常清醒的大脑。站在家门口的河堤上,我下意识地抬起左手,去摘杨树上的叶片,似乎想知道,杨树叶子是否与我有着相同的感受。我一连摘了三片,它们薄薄的身体,似乎也被什么东西袭击过了,处在常态中,但冰凉得未免过分。

母亲照例早早地就起床了,现在正坐在门前的石台阶上,认真地划着一刀刀纸钱。纸都出自深山的小作坊,工艺差,工人又粗糙,做得皮断肉不断、筋骨参差不齐,压在一起后,想一张张分开,若缺少耐心,乱用力气,那就休想得到一张完整的。母亲已经七十岁了,眼睛还不含糊,双手也还听使唤,只见她像在坎坷不平的锅底上揭鲜嫩而又热乎乎的面皮,"神三鬼四",敬神的三张一叠,给鬼的四张一叠,小心翼翼地将一张张纸揭起来,折叠成纸钱。

太阳每天都从同一个地方升起来，这种重复没有新意但又很神奇。它很快就把无处不在的蓝色、黑色和灰色一扫而光，给空气不停地散发热能，甚至还将母亲折叠的纸钱涂抹得金光闪闪。母亲眼皮往上一翻，看见太阳，说："这个鬼太阳，今天出来干什么嘛！"接着掉头往门洞里大声地喊我的哥嫂、弟媳以及他们的儿女："还不出来帮我折纸钱？这个鬼太阳一升高，坟地上热得要命，到时我看你们钻到坟里面去躲阴凉！"母亲也为自己的幽默感到很开心，一边笑，一边还喊着："你们快点，快一点！"一伙人伸着懒腰、打着哈欠出了门，个个拿上一捆纸，各自去折叠，大哥手上拿着纸，嘴巴上说着："哟，整这么多干啥子，去年才给他们烧了几千亿，足够投资修一条从昆明到昭通的高速公路了。今年再烧这么多，我今天倒是要建议他们，把钱拿出一点点，把昭通城到欧家营这条破路适当修一下，你看人家三甲村，路通了，家家还住别墅……"大哥这么一说，大伙儿就笑。母亲也就来劲了："修什么路嘛，如果纸钱要顶用，最好让人清理门前这条河，实在太臭了。"

我家门前这条河，名叫荔枝河。太阳没出来前，它黑黝黝的，像在暗处睡着了，扑哧扑哧地吹着梦呓的白泡。可当它迎着阳光醒来，变色龙似的，马上变成灰白色，继而又从灰白中泛起颗粒状的黑色。按道理，灰白色非常想死死地压住黑色，但黑色是沸腾的、向上的、压不住的。至于蔚蓝色，这水的本色，或说这清水与蓝天共同合成的色，多年没见了。当然也可以这么说，当腐烂的动物尸体和一座城市所有的污秽之物，汇聚到这儿，也许只有灰白色和黑色是协调的，是同一个话语谱系。我也曾一次次从骨头上冒傻气，总觉得古代文化传统中的"故乡"仍然存在，一厢情愿、不管不顾地想把自己与之相依为命的那条荔枝河，重新找回来，什么碧波荡漾、鱼虾成群、天神的客厅、活命之水之类，忙乎了半天，只剩无语哽咽，有些词，阳寿已尽，没了。

烧一堆纸钱给爷爷奶奶和我的父亲，寄望他们的灵魂在实在无法忍受时，花钱来清理一下荔枝河。想法荒诞而且空洞，生者的无力感和对死亡者跨界的、无理的要求，也只能视为一种别样的、吊诡的、黑色幽默似的悲怆和控诉。至于控诉谁，该领谁来指认现场，该在天地间的法庭上审判谁，仿佛谁都可以，谁都又不可以。可以确认的是，犯罪嫌疑人，每个人都是，谁都逃不掉。于我而言，内心最为纠结的或许还不是这一条河流的非河流化，在很多诗篇和散文里，因为强调对盲目工业化的反对，我把本已面目全非的故乡、这一条河，当成了"纸上原野"的美好元素，并将其写成了乌有乡，这算不算犯罪，算不算遮人耳目、为虎作伥？反之，每一次回老家，都会有老人、同辈和已经不认识的后辈来找我，给我递烟，邀我去喝酒，他们都以为我是个什么了不起的大人物，可以一言九鼎，希望我能找镇政府、区政府乃至市政府的领导反映一下，与其他乡村道路比，欧家营进昭通城的路根本就不是路，至于荔枝河，实在不像昭通人的母亲河，看能不能改善一下。也有初中同学某某，知道我卖文为生，多次鼓动我到有影响的报纸上去发文章，通过舆论监督，"逼"政府拨款修路。尤其是身边的三甲村一夜之间成了"全国文明村"，阡陌交通，洋楼一排接一排，而欧家营仍然被遗弃，仍然作为垃圾堆，乡亲们内心的落差可想而知。人们说多了，我的心动了，也想有所贡献，但真不知道怎么做才好。背井离乡三十年，我应该去找谁？

太阳渐渐升高，荔枝河浓烈的腥臭气，果然是河堤关不住的，洪水一样漫进了欧家营。母亲不耐烦了，找了几个尿素口袋，把折了的纸钱往里面一塞，吩咐弟弟一定把香火、鞭炮、酒肉和水果带上，然后对全家人说："走，没折完的纸钱到坟地上去再折！"家已经不是折纸钱的地方了。于是，一家十多口人，跟着母亲，一只手提东西，一只手捂着鼻子，沿着荔枝河的河堤，朝父亲的坟地走去。父亲的坟地离欧家营只有一公里左右，是父亲生前耕种过的土地中的一小块。按照风俗，父亲应该安葬到埋着更多祖先的"雷家坟山"上去的，但由于"雷家坟山"早已"人"满为患，再也插不进哪怕一根骨头，只好另找地方，而请来看穴的风水先生走到这儿，一口咬定父亲最熟悉的这块地，就是好地，我们一家人也就认了。这块地和它四周扩延出去的几千亩地，平展展的,是欧家营西面的一块高地。小时候,我们曾在这儿割草、放牛,或者经过这儿,前往十公里之外的狮子山去拾柴火。很多时候,在路边上我们还会看到人们丢弃的死婴或尚会啼哭的病婴。见得多的还是人们"送鬼"时烧在这儿的纸钱,泼在这儿的水饭,丢下来的几分诱人将"鬼"领走的硬币。据说,送到这儿的"鬼",谁第一个碰上,"鬼"就会跟着这人走。乡村是鬼魂游荡的地方,人们对"鬼"存在着无边的好奇和想象,"鬼"在人们心中,有时是亲人,更多的时候则是邪恶、恶灵和死亡的象征,而且,尸体总是与"鬼"连在一起,甚至就等于鬼。所以,当我们看见那些死婴和正在死去的病婴,以及送"鬼"的痕迹,仿佛就看见了"鬼",身体就先是僵硬、脸色发白、呼吸急促,接下来就铆足了劲,没命地逃离现场。有一年的秋天,我七岁左右,跟着村子里的人,穿过这片名叫"沙沟"的土地去邻村看露天电影。放电影的场地选择在一片坟场上,人山人海。电影是《平原游击队》和《龙江颂》,看过不下二十遍了,我先还跟着电影里的角色熟练地背台词,慢慢地,瞌睡来了,最后干脆倒在一座坟堆上就呼呼睡着了。滇东北的秋天,白天阳光灿烂,晚上则霜冷砭骨,等到我在冷霜里醒过来,曲终人散,身边全都是坟堆,鬼影幢幢。恐惧、孤单、被遗弃的失落感,另一种鬼,一齐扑了过来,我几乎是声嘶力竭地叫了声:"妈呀!"脸上便全部是泪水,然后跌跌撞撞,高一脚低一脚地朝着欧家营的方向窜。摔了跤,连滚带爬地站起来,又跑。掉进尚未收割的稻田里,一身泥浆,鞋帮里灌满了泥水,一边叫着"妈呀,妈呀!"还在跑。腿摔伤了,手上出血了,还在跑。穿过沙沟那无边无际的玉米林时,夜风吹得叶片哗啦啦地响,就像鬼哭狼嚎。我感到自己的身体空掉了,魂不在了,力气也快要用光了,喊"妈呀"的声音也卡在了喉咙里。再联想到看见的那些死婴,几次扑倒在地,用双手抓地时,觉得自己已经变成了一张皮,命都没有了。我不知道自己是怎么回到家的,事后才知,撞开家门,我便倒在堂屋里,昏死过去了。第二天,我的母亲,平生第一次也是唯一一次,站在荔枝河的河堤上,疯了似的,用乡村最歹毒、最不堪入耳的话语,一边诅咒带我去看电影的人,一边涕泪横流。她骂得整个欧家营鸦雀无声,又人人都竖着耳朵听。她骂得快虚脱了,坐到地上,有人来劝她,她就披头散发,目光凶狠,死死地抓住劝她的人:"说,是不是你带我儿子去看的电影?说!"弄得谁也不敢去劝她。她就从早上骂到了黄昏。黄昏的时候,外婆来了,带着筋疲力尽的母亲,沿着我失魂落魄的回家路,去给我喊魂。外婆喊魂的音调,我之后还听过,低沉、苍枯、急迫,有无奈,有恐慌,有哀求。

让母亲心有戚戚焉,又略感欣慰的是,外婆死后,也安葬在沙沟这儿,坟堆离我父亲的坟只有几百米。母亲的话是这么说的,欧氏坟山没空地了,雷氏坟山也满了,两个没地方去的人,现在住在一块地里,也算有个走动,有个帮扶。所以,当我们在父亲的坟前，把纸钱折完，开始给父亲上祭，母亲拿一些祭品就往外婆的坟上去了。也不知什么原因、有何想法，每次去给父亲上坟，我们都想去外婆的坟上祭奠，母亲都坚决不允许。外公外婆一脉，同样子孙浩荡，不用我们跪谢？雷氏一族只有母亲是欧氏血脉，她足以代表我们？母亲希望我们在父亲的墓前多在一些时间？我每次都想破解母亲的谜底，一直没破解，问母亲，母亲总把话题一次次岔开。母亲到外婆坟上去所用的时间都不长，往往是她回来了，我们还在烧纸钱。等到我们磕头、放鞭炮、清理坟上荒草时，她就坐在一边看着，或自言自语地对父亲说："又给你烧了这么多钱，看你怎么用！"

父亲的碑文、墓联都是我写的。对联有三副，没追求格律，一点也不工整。其一，"生如五谷土生土长，归若八仙云卷云舒"；其二，"农耕一生尘中尘，极乐千载仙上仙"；其三，"望田畴犹在梦中，辞浮世已在天上"。三联的上联都是交代父亲的命运，下联写我对他的祈愿。不用说，尽管写对联的时候我心如刀绞，但它们还是写给人看的，是写在石头上以求不朽的。说父亲像五谷杂粮土生土长、一生躬耕是泥土中的泥土，这倒没什么夸张的成分，甚至根本没有说出父亲比五谷和泥土更卑贱的一面，问题出在语词中透出的豁达与超脱，仿佛父亲就是泥土和五谷之间的一个隐士。"望田畴犹在梦中"一句，更是留下了不小的误读空间，乍一看，别人还以为我父亲是多么留恋令他屈辱万分的田地与劳作。

记得跪伏在石头上写这些对联和碑文时，手握毛笔，一心想着馆阁体，想着笔笔都是中锋，我是何等的严肃，就怕哪儿一旦出错，有辱了理想化的父亲。可越这么想，越往别处用力，手就抖得越荒唐，越不像我的手。旁边的錾碑人不看场合又不知玄机，一个劲下药："张凤举和赵家璧先生给人写碑，总会提一壶酒来，写一个字，坐下，慢慢地喝上几口酒。一座墓碑，一般都要写三天。"听他一说，我没法写了，我能提壶酒来边喝边写父亲的碑文？我能在此为了求法度，庄严地慢慢地耗上三天？我之所以没去拜请谢崇、陈孝宁、黄吉昌等昭通书法大家来写，无非是我想把对父亲的情义写到石头上去，如果请他们中的哪一位来，我就领受不到这份不安与无助了。绝境中，大哥递来救命草，他在电话中说，请来操持葬礼的道士已经定下父亲的出殡日期，时间太紧了，要我抓紧点。我也就不再犹豫，提起笔就往石头上写去，太想写好，结果写出了自己至今败笔最多的一堆字。不过，这倒也适合父亲，我的字处处败笔，他则是太想活得扬眉吐气，结果活得什么都不合心愿，活到最后，还觉得整个世界都亏待了他。但真要让他说出究竟是谁亏待了他，他又支支吾吾，不明不白。想想，父亲的一辈子，也的确活得不明不白。昭通解放时，他说枪声"像炒豆子"，豆子炒完，他八岁，没上学，当了合作社的放牛娃。长大成人了，被安排了当专职的赶牛车的人，遇到春耕大忙时，就牵着牛犁田耙地。农闲了，就赶着车拉煤或拉粪。如此，一直干到土地下放。土地到手,他却只会服侍牛,其他农活什么也不会做,或说总是做得难以达到母亲的要求。跟着母亲去栽秧,他把株距弄得比行距还宽,速度比手脚边的蜗牛还慢,母亲让他拔掉重栽,顺便奚落了他几句,他用脚把栽错的秧苗一阵乱踩,把手中秧苗往水上一扔,走了。一个人坐在荔枝河的河埂上吸闷烟,有愤怒,也有内疚。1983年我高中毕业考上师专,从教育局领到录取通知书,一阵小跑,回家见了他,跟他说:"爸爸,我考上了!"他一脸不屑:"太阳从西边出来了。"我说:"那打个赌?"他问:"赌什么?"我说:"一套军装。"他想都不想就说好。我把录取通知书拿了出来让他看,他不识字,但看到红彤彤的公章,就认输了,噔噔噔踩着木梯上楼,把母亲吊在屋梁上的,用来做种子的两袋小麦和蚕豆解下来,背篓一装,背进城变卖掉了。结果,父亲递来的军装,令我心花怒放,母亲却气得跺脚,赌气不吃晚饭。我能考上,母亲其实比父亲还高兴,她痛心的是种子卖掉,来年用什么下种?猪可以卖,鸡鸭可以卖,怎么能卖种子!夜深人静,我们都睡下了,他们为此发生了激烈的争吵,还动了手。之后的一个多月,两人形同陌路,母亲要下地,也不喊父亲,父亲则隔三岔五跑到乡供销社,与几个老哥们打了劣质散酒,坐在墙脚喝,醉了才回家。喝醉了酒,父亲总是头低垂着,双手的十指插在头发里,一句话也不说,也不去睡觉,一个姿势可以坐到天亮。快到我要去师专上学了,必须请左右邻居、世戚穷僚吃顿饭以示喜庆,父亲和母亲才勉强彼此搭理,父亲进城卖猪,母亲在家张罗,弄了一席家庭史上无比奢侈的"八大碗"酒席。我去学校报到那天,父亲执意要送我,还很固执地要替我扛背包,我不干,他圆睁着双眼,头发直立,伸出一双大铁掌,从我手中就把背包抢了过去。背包其实也不重,进城的路也不远,对当时年富力强的父亲来说,这点活计算不了什么,可我总觉得这种活应该可以由一个十六岁的小伙子来做了,父亲只需跟着走路就足够了,而且他完全可以不用送我。路上,父亲扛着背包走得很快,我一身崭新的军装,双臂好像变成了两只翅膀,身体想飞起来,却又行动迟缓,怎么也走不快。脚下的泥泞路,路两边的田野,田野里的禾苗、昆虫、阳光与阴影,在那时似乎都在讨好我,以卖命的方式向我呈现它们最单纯、最鲜活也最诱人的美。父亲走远了,见身后没人跟上,就大声地咳上一声以示提醒,而我也又才风一样地跟上。途中,父亲碰上过几拨熟人,别人问他进城干什么,他少见地眉飞色舞,拿出烟,敬了人家,还要给人家点上,点上了还要缠着人家多说话。意思太简单了,无非就是想让这些人天一句地一句地猛夸我,别人一夸,他就咧着嘴巴笑,露出两排黑牙齿。到学校大门了,父亲却怎么也不进门,扶着大门处的水泥柱子往里面看,看够了,把背包塞给我,转身,头也不回地就走了。

没有比母亲更了解父亲的人了,多年以后当父亲患上了老年痴呆,只会天天形影不离地跟着母亲,母亲曾跟我说:"你爹这个人，从生下来的那天起就患上了这种病，一直没好过，像只蜘蛛，结了个网，他不出来的话，谁都弄不出来。弄出来了，他还会再结一张网。"母亲说的这张网，父亲肯定是没有意识到的，而且我觉得父亲一直都想从这张网里钻出来，但又害怕被禽鸟叼走。与他同一个模子里塑出来的人何其多也，他能缩头、躬身、自认倒霉地偷生于尘土表面，已经是他的福分了。如此天命，他能做什么呢？那些所谓的庄稼能手、鸡鸣狗盗之徒、渴望美好生活而不惜离乡背井的人，又有几个得到了好下场？还不是一样的瞎折腾，从来没见生活赏他们一个笑脸。不过，母亲也羡慕父亲，常挂嘴边的一句话是："你爹倒是安逸了，到死还能喝酒，一喝醉，共产主义就来了。"也许很多没有乡村经验的人不知道，"共产主义"这个词条，因为它太普及又太诱人，集合了乡下人所有的理想和空想，甚至囊括了乡下人的太多的"想都不敢想"，所以乡下人就总是把它具象化、世俗化，力求能伸手就抓住。比如，一顿大酒可叫"共产主义"，逮住一条鳝鱼也可叫"共产主义"，偷了别人一只鸡没被发现，当然也可叫"共产主义"，甚至于见到了某个大人物、结婚了、高寿而逝、路上捡到一角钱、某人递过来一支烟、等等，都可以叫"共产主义"，"共产主义"不在远方，就在手边上，如果在远方，人们就懒得去想了，一想就累。就像现在，当我们在父亲墓前礼毕，坐在墓地旁的草丛中吃水果，吃了一个，母亲又会递来第二个："吃，多吃点。"如果哪个人不吃，母亲就会接着说:"哼,你不吃?这苹果又不是纸扎的,吃,如果是纸扎的,你想吃也吃不着!"妹妹把剩下的几个水果放在了父亲的墓前,母亲不反对,但还是说了这么一句:"老辈人说,你爹那边有共产主义,有那边的水果,你放在这儿,他还能从坟里爬出来吃?"

从父亲的墓地上走开,已是中午了,太阳毒辣,荔枝河上的腥臭味开始变成恶臭。我们挤上弟弟的面包车,去几公里外的"雷家坟山"。车又得在荔枝河的河堤上颠簸好一阵子,车窗必须紧紧关上,但车是破车,怎么关都有裂隙,恶臭味都会进来。于是车子内,又挤,又热,又臭,人人都大汗淋漓,不敢喘气吸气,懒得说一句话。"雷家坟山"位于昭通古城即"土城"遗址附近的一座丘陵上,在母亲的记忆中,"大炼钢铁"以前,这儿还是看不见天空的黑森林,现在一棵树都没有了,除了坟山,全都是耕种了多年的熟土,类似树木的,是一架又一架的高压线铁塔。高压线的下面,上坟的人络绎不绝,种植玉米和土豆的人则在春风掀起的灰尘中挖塘、下种、浇水,像地上冒出的泥巴人。其中几个是母亲认识的,他们与母亲打招呼,一笑,脸上皱纹里的尘土就往下掉,母亲不买账,虎着脸就咒骂:"你们这些绝人,种自己的地就行了,年年都要挖坟山地,多挖一锄,种得出几棵玉米,就不怕满地下的鬼跑到你们家里去闹腾?"那些人都是母亲的晚辈,不敢还嘴,赔着笑:"以后不敢了,不敢了!"母亲不依不饶:"啥子不敢了,挖吧,尽管挖,不就是一堆堆白骨,锤碎了,还可以做肥料,保证让你们的土豆长得比人的心还大!"

"雷家坟山"埋的大多数是雷家的亡魂,也有少数他姓人家的人,因为坟山满了没地方埋,又是雷氏的亲戚,便埋到了这儿。按照坟山上所埋之人的辈分和去世年庚推算,这片坟山形成的时间也就四十年左右,即20世纪60年代末期。众所周知,那是一个非常时期,很多人肉体和灵魂都没有葬身之地。在我写的《祭父帖》这首长诗中,关于那个时候的父亲,有这么一段:

围着他的棺木,我团团乱转,一圈又一圈
给长明灯加油时,请来的道士,喊我
一定要多给他烧些纸钱,寒露太重,路太远
我就想起,他用"文革体",字斟句酌
讲述苦难。文盲,大舌头,万人大会上听来的文件
憋红了脸,讲出三句半,想停下,屋外一声咳嗽
吓得脸色大变。阶级说成级别,斗争说成打架
一副落水狗的样子,知道自己不够格,配不上
却找了一根结实的绳索,叫我们把他绑起来
爬上饭桌,接受历史的审判。他的妻儿觉得好笑
叫他下来,野菜熟了,土豆就要冰冷
他赖在上面,命令我们用污水泼他
朝他脸上吐痰。夜深了,欧家营一派寂静

他先是在家中游街，从火塘到灶台，从卧室
到猪厩。确信东方欲晓，人烟深眠
他喊我们跟着，一路呵欠，在村子里游了一圈
感谢时代，让他抓出了自己，让他知道
他的一生，就是自己和自己开战。他的家人
是他的审判员。多少年以后，母亲忆及此事
泪水涟涟："一只田鼠，听见地面走动的风暴
从地下，主动跑了出来，谁都不把它当人，它却因此
受到伤害。"母亲言重，他其实没有向外跑
是厚土被深翻，他和他的洞穴，暴露于天眼
劈头又撞上了雷霆和闪电，他那细碎的肝脏和骨架
意外地受到了强力的震颤。保命高于一切
他便把干净的骨头，放入脏水，洗了一遍

我的父亲尚且如此，风头上、场面上的人物，命运就可想而知了。令我意外的是，同样是那个"铲除一切"的时期，原先的"雷家坟山"没空地了，国家竟然会在这距离昭通城只有三公里左右的地方，让出这么一块地来，供雷氏的亡人长眠！而且，可以肯定的是，那个时期，从合作社、大队、公社的手上让出来的土地绝不会只有这片"雷家坟山"，一定还有赵、钱、孙、李、周等百家氏族的坟山。这一让，让出的是另一个世界，搭进去的则是

我们这个世界的沃野千里。就此,我曾经想过要去档案馆查询一下,看有没有相应的文件、政策和规定的资料,如果有,那"文革体"的字词语境中,说不定会找到令人热泪滚滚的,另一些有魂的字眼。"雷家坟山"的面积有多少亩,我没测算过,用它来种植,能养活多少人,我也没概念,但它确实安顿下了密密麻麻的难以数清的坟堆子。在坟堆子里面,我奶奶的辈分是最高的,也差不多是最先入葬这儿的人(我爷爷比奶奶去世早,去世的时候原先的雷家坟山满员,这片坟山还不存在,借葬于一公里外的欧氏坟山)。在奶奶的坟墓四周,躺着的多数是我母亲那一辈的人,也有一些是我的同辈。也就是说,这儿的人们,全部都是母亲知根知底的人。与给父亲上坟一样,到了奶奶坟上,我们祭奠奶奶,母亲则点燃一大把香拿在手上,逐一地去给旁边的坟上香和烧一点纸钱。母亲患有严重的风湿,双腿变形了,走起路来总会左右摇晃,只见她到了任何一座坟头,上香和烧纸的过程中,都会跟坟里的人说说话。与她关系很好的,她会忆及美好的往事,说到动情处,就抬起手臂,用衣袖去擦眼泪;有些人生前与她关系一般甚至因鸡毛蒜皮的事儿交恶,她就会说:"×××,活着的时候,你倒是太可恶了……不过,今天我还是要给你烧点钱!"和我同辈而又长眠于此的人,死因不外乎两种:重病和喝农药。母亲到了这些人的坟前,边烧纸边说:"唉,老天怎么要这样对你啊,你留下的那两个儿子太可怜了。"或者说:"×××,我说你倒真的是个死脑筋,那么大一点屁事就想不通了,喝农药,不难受吗?"在奶奶的坟墓旁,有一座坟,死者只活了二十多岁,母亲从来不去上香烧纸,并且每年都是同一句话了之:"老子才不耐烦去理这个短命鬼,做什么事不可以,他要去吸毒!"……

去给爷爷上坟,步行,沿途都是坟墓群。地势忽高忽低,高处可以看见大兴土木的昭通城,在低处走,则感到明晃晃的人间不在了,自己只剩下了灵魂,走到了世界的终结处。爷爷去世的时候,我只有四岁,他留给我的记忆只有一个:整天都坐在火塘边,敞着皱巴巴的胸膛取暖。即使是夏天,他也是冷的。听父亲说过,爷爷年轻时候所做的营生,就是以卖昭通酱养家,他挑着黄豆、辣子面等原料和荔枝河的水,从昭通步行十三天到昆明,在正义路的一家客马店里,现做现卖。那时候的荔枝河水,是做昭通酱的良好保证,爷爷挑着这水,走在莽莽苍苍的乌蒙山里,口干舌燥,却从来舍不得喝上一口。我有一首长诗,把荔枝河改名叫昭鲁大河,最后一段写的是1985年我师专毕业分配到外地工作,与家人和荔枝河告别时的感受,如下:

离开欧家营那年

他十八岁。穿着一身崭新的军装

一脸痤疮。身边的河水,清洌见底

几个捕鱼的人,看见他

撒下的渔网，忘记了拉
笑吟吟地跟他说话
他没有想到，那是昭鲁大河
最后一次清冽。人民的河流
神的宴会厅，十年之后，成了黑夜的家

  爷爷奶奶、父亲母亲的荔枝河已经不在了，我们记忆中的那条河，则像这一座座需要祭奠的坟墓，存在着，但已经远离了生活现场，是另一个世界，只有清明节的时候，我们才会去上香、烧纸、磕头。至于黑掉、臭掉的这一条真实之河，谁也说不好，它属于怎样的人们，从哪儿流来，又将流到哪儿去，它到底还要流淌多久。

农家乐

每一本书稿交付出版社之前，我都会去到山中，找家俗称"农家乐"的小客栈住上一个月左右，对书稿进行系统的修订和调整，然后定稿。比如《云南记》，我是去了昆明东郊的金殿后山，工作的核心，是将收入诗集中的每一首诗，尽可能地归束在一种古老而又鲜活的时空里，它们彼此独存，但又是一个绝对的整体，像一支夜幕下的大军。对"一首诗就是一个世界"这种说法，我从来都投反对票。诗人可以凭借某几首所谓的代表作，一夜成名，确立他在诗歌界和世俗社会中虚无的地位，但要建立自己诗歌美学的蕞尔小国，仅靠几首诗是远远不够的。特别是在现代诗歌美学取向多元化、写作技巧复杂化和思想深度神性与人性趋向于统一的庞大体系中，一个优秀的诗人，如果不能在上帝发放下来的迷宫草图式的诗歌试卷上，写下上帝也为之惊讶的一系列足以重建另一座天堂的答案，那么，他不仅不可能像陈子昂之于《登幽州台歌》那样坐享千年美名，他甚至可能会被一群又一群异端的读者一再地押上审判台。

人间已经没有宗教一样孤绝神圣的诗歌学，圣水被倒进了大海，舍利子被混杂在了滚沸的骨头汤锅里，它得屈从于物理学、化学、数学、文化人类学、地理学、天文学、政治学、经济学、考古学、哲学和历史学等无穷无尽可以物化的学科，继而在其中建立自己的试验室、隐修室和灵堂。所以，对殉道者般的诗人来说，那条穿州过府、掠城取国的诗歌捷径早就不复存在了，他得尝试着在不同的学科王国里，打破行业壁垒，充分汲取各个王国的牛奶和蜜糖，重建一个无处不在的没有边界的，同时又拒绝独立的诗歌国度。这个诗歌国度不再是一条国际性河流，而是玫瑰花，在哪儿都能生长和开放，不管什么阶级的人都渴求它。

《云南记》的序言中，我说自己是在重现一片纸上的旷野，我努力地去做了，也觉得自己的心中出现了一片旷野，人们是否踏上了这片消失了的旷野，我不得而知，也没有时间去做任何调查，因为该书出版之后，我开始了《基诺山》一书的写作。接近四年时间，2014年秋，《基诺山》的初稿出来了。按照习惯，我又得找一个山中客栈住下来，对它进行最后的修订。不过，这一次，我没有再去昆明东郊的金殿后山，也没有前往西双版纳的基诺山，而是去到了乌蒙山中。在金殿后山的一个月时间里，如美国诗人罗伯特·布莱所说"诗人是商品时代苦苦坚持赠送礼品的人"，我脚下只有立锥之地，却像一个想象中的日不落帝国仁慈的君王，裂土分疆，试图让每一个翻开诗集的人都能领取一片旷野。而且，我还偏执地认为，商品时代的人们，人人都是离开了旷野的流亡者，人人做梦都在重返过去，这一片片旷野就是一朵朵玫瑰，分送到谁的手上，都不会有人拒绝。这种竭泽而渔或说以上帝之名泽被天下的做法，严重透支了我的心力与想象力，也让我始终不愿把金殿后山山谷中的那家农家乐当成我诗歌的圣殿，反而觉得它更像我一段时期灵魂的止塔，我不想再回去并与过去的自己进行交流。没有到基诺山去完成对《基诺山》的删改与确认，是想离这座山远一点，远眺的时候，我也许更能看清它那神灵居住的"司杰卓密"。眼下的文学艺术界，言必称"接地气"，我觉得这是"深入生活"的另一张画皮。我从来没有见过生活在"生活之上"的人，没有看见过天外来客，"接地气"与"深入生活"，暗藏着一种教唆与胁迫，它只会让文学艺术作品进入某条生产流水线，并更清晰地彰显出其奴性与同质化的另一个面孔。我们从来都不缺"接地气"的作家与作品，反而是能够"接天气"的靠近神灵的作家与作品太少了。

我是在一个黄昏抵达幸福镇的，辗转入住名叫"江滩"的农家乐客栈已在晚上十点左右。客栈坐落在小山伸入金沙江的余脉上，挂着红灯笼的大门，距江面只有一百来米。一条用鹅卵石铺设的小路两边，有气根飘拂的老榕树，也有新近几年种植的银杏与竹林。客栈依山势而建，倒U字形，一条连廊把几栋别墅似的小楼串联在一起，中间是一片没有打理过的荒地，藤状植物、灌木丛和山茅草欣欣向荣。凭感觉，只要站在客栈面对江水方向的任何一个地方,都能看见金沙江以及江对岸四川省的悬崖绝壁。

"江滩"空寂,负责登记的小女孩二十岁左右,头发浓密,双目有神,身材健硕,她告诉我,一个星期以来,我是"江滩"唯一的客人。她一边给我登记,一边扭头朝着客栈里嗨嗨嗨地大叫了几声。几分钟之后,就有一个瘦弱不堪的小伙子出现了,小女孩指着他,对我说:"他是厨师,想吃什么就告诉他!"小伙子二十多岁,低着头,目光向下,似乎是问小女孩,也似乎是在问我:"行李要提到哪一个房间?"

《基诺山》一书的修改没有预想中顺利。我的视角与思想里,基诺山不仅是一座尽头上的山,而且它还是审判台和瞭望塔。"礼失求诸野",基诺山在野,是野,它的山头、树木、沟壑和云雾,它那人、鬼、神同生的人文环境,格局和气象,发生在万物身上的具体的生老病死,无一不保留着造物主最初的意志和审美。每一棵树长在尽头上,每一块石头停留在尽头上,每一间房屋、每一个人、每一只飞鸟,都在尽头上,而尽头依照的是天国的度量衡,尽头即是恰如其分的生命的道场。此时,此地,万物所在之处,就是唯一可在之处,没有别处、远方和天堂,没有虚空,所有东西都落在实处。即使是巫术、咒语和万物有灵的宗教,俱是肉身和精神的地基,从不关涉泡影、幻觉和妖邪。过去、现在和未来,都是可以指认的场域,敬畏、感恩和克己,都是日常生活守则。它有着小地方的地理区域和封闭性,但我视其为诸多文明的母体与心脏，在它与现代社会之间，我有着走不完的绝路和太多太多的难以翻越的绝壁。我尝试着用它的仁、义、礼、智、信，用它的本真与纯洁，来对我们所寄身的世界进行审判，目的当然不是为了返回，而是为我们提供一个更好的未来，至少应该得到一座眺望未来的瞭望塔。然而，在这个过程中，诗歌美学与世俗美学在我的稿纸上同时揭竿而起，语言、道德、舶来的技艺、政治和现代性等各持己见的"行业巨头"，纷纷向我投出反对票，它们没把我当成义军首领，拒绝与我狭路相逢，而是觉得我不过是一个诗歌歧途上苦苦寻找流放地的背时的诗人，我所依赖的基诺山不是挪亚方舟，而是一条没有彼岸也没有归途的幽灵船。我该不该写一封投降书？事实上，我自己知道，在我行进的路上，没有真实的拦路虎，只有长得比人还高的野草，那些反对我的人，是我自己数不胜数的灵魂。我有着一具烽火连天的身体，却渴望做一个邮差或圣徒。在一部诗集里面，我也许得学会用一张张白纸，把一座军械库包裹起来？这件事的难度，迫使我只能在"江滩"的走廊和中庭的荒地上团团乱转。

"嘿，嘿，嘿……"草丛中常常会传出小女孩的声音，有时是她挥镰割草时想无端地叫上几声，有时则是在喊我，或者喊足不出户的厨师。这个小女孩与厨师真是有趣的一对，一个热血偾张，一个死气沉沉，刚入住的前几天，我一直想象不了这么一个无人的地方，他们是如何相处的。有一次，我逗小女孩："我觉得你不是客栈的服务员,更像一个砍草女仆啊!"她穿着一件领口很低的T恤,弯腰砍草时,一对丰满的乳房呼之欲出,听到我的话,一点也不恼,直起腰来,右手仍然拿着镰刀,左手抬起来擦了擦额头上的草屑和汗水,笑着对我说:"老板也经常讥讽我,觉得我整天歪门邪道,但我闲不住,不仅想砍草,还想把江边的大树全部砍倒呢!"我一愣,笑了起来,她也忍不住大笑,露出了嘴巴里的虎牙。与小女孩正好相反,做厨师的男孩更像个隐形人,我只能在三餐时间见到他。他走路的时候,双手喜欢抓住点什么,没可抓之物时,也会在空气里空抓。更让我惊诧的是,即使与他同处于厨房,我也会觉得他并不存在,或说他与一条凳子没什么区别。他不仅让人觉得虚幻,灵魂被抽走了,还让人感到他心气花光了,气若游丝,虚弱得像地窖里的一团风。看着他使勺用铲仿佛西西弗斯推石上山,那费劲的样子实在令人心生不安与同情。看见他在案板上剖鱼或切肉,我总会打趣他:"慢点,你一定要慢点,我害怕吃饭的时候,从菜碗里刨出一根根手指来……"每一次,他的喉咙里都有声音在蠕动,我一次也没听清楚。他唯一能让我听清楚的话,就是每一次吃饭,他都会蹑手蹑脚地站在餐桌边上问我,下一顿想吃什么菜,他好提前准备。

在"江滩"住了十天左右,我开始着手修改长诗《渡口》。诗中的徐牛渡,原形本在怒江上,把它平移到澜沧江,一方面基于我对澜沧江更了解,把澜沧江放入诗歌,能有效地唤起我的想象力与写作愿望；另一方面，澜沧江的区位之于"偷渡客"也更妥帖一些，其两岸的佛国气质，可以对质我们灵与肉的双重放荡。在我的内心，诗歌一直疏离于现实，它自成一个人人都是国王的国家，庄严、优雅、圣洁、美丽……那儿的词语偏旁部首中阳光充足，气息芬芳，处处响着欢乐颂，是以抒写悲剧作为象征的古希腊的敌国，是杜甫永远也回不去的故土。我没有意料到，竟然有这么一天，我会从自己设定的诗歌的国度中偷渡出来，变成了生活现场上的一个流亡诗人，热衷于怀疑，一再地说不，背负起了战地记者所承担的使命。这种堕落，近似于诗歌女神下嫁人世硝烟中的刺客，当然也可以理解为一场别无选择的诗歌拓边：

> 醉卧至半夜，江风摇船，我与徐牛
> 梦中的流水高过了船舷
> 鱼儿在梦境之上产卵，白花花的一片
> 堪比月色。雷声隐约而沉闷
> 闪电次第开遍万籁俱静的江与山
> 我继续沉沦，怀中抱紧笔直的樯片
> 他纵身跃到船头，对着闪电、雷声和江水
> 一边自慰，一边大吼，疯狂抽搐的身体
> 像另外一叶带电的小舟，翻卷在
> 天堂的门口——与其和行踪不定的女人

交欢，不如和体内的妖孽

在石破天惊时邂逅并骨碎肉飞

——那一刻，在不同的戏剧中，我与他

身体倦怠了，灵魂却在战神的引导下

于刀锋上，迅疾地奔走

拓边的欲求首先引起了个人内心的动乱，按照常理，更多的人会忙于平乱与整合，我的"身体倦怠了，灵魂却在战神的引导下，于刀锋上，迅疾地奔走"，在灵与肉朝着两个极端分裂的情态下，我以分裂之躯出现在了并无诗意的生活现场。我的体内刀戈拼撞，辩论席上我与我针锋相对，灰烬、创痛和绝望，已经不能组合成一个完整的我，而神话般的诗歌美学又跑得踪迹全无，我体验到了魔鬼的孤单和异教徒的孤立。有人也许会觉得，澜沧江会拯救我，至少我笔下的这条澜沧江的两岸会有寺庙收留我。殊不知，这一条波涛与鱼群都会诵经和礼佛的大江，它的魂魄也被人们以电站的形式夺走了。与"江滩"门前的金沙江一样，流水已经失去比喻时间的功能，惊涛、怒潮、巨浪、奔流和天堑之类的词语，已经被提炼成电流，只存在于工业生产线上，江河的字典里再也找不到了。每天晚饭后，我都去了金沙江边，它已经不是记忆中的那条江，它不会流淌了，摇身一变，成了湖泊，往日飞翔的浊流，置换成了翡翠般的固体。《渡口》里面，一条澜沧江的河床上,侧卧着无数条大江,当然也包括金沙江。它们曾经有不同的流向、流速和流量,也曾经有不同的名字、流域和自然与人文景观,现在都被取缔了,一就是万,它就是它们。在诗歌中,我每走一步,都得付出全身的力气,都是挣扎,但只要我指着金沙江,询问那个小女孩:"你喜欢以前还是现在的江?"她的回答非常简单、干脆:"现在。"她即他们。他们有太多的理由喜欢现在,而不是过去。

《基诺山》的修订过程,是一次次往自己身上钉铁钉,然后又取出来,换个部位再钉进去。每天早上,小女孩来清理房间,看着遍地的纸团和烟头,有时默默地扫走,有时也会好奇地问一下她关心的话题。比如:"您是写诗的,可不可以写一首送给我?"或者:"我在报纸上读过有人写的歌唱溪洛渡电站的诗,太激动人心了,您为什么不歌唱溪洛渡?"碰上这种我倦于回答的问题,一般都是把话题岔开,装出同样好奇的样子,问她厨师是哪儿人,多大年纪了之类的无话找话的问题。当然,之所以这么问,我发现他们还真是一对少年伴侣。由于整天工作极其轻松,更多时候无所事事,他们就把自己锁在走廊边的一间小屋子里,看电视,睡觉,毫无节制地做爱。有几回,被稿子折磨得身心俱疲,我到房间外放风,路过他们窗外,总能听见小女孩无所顾忌的呻吟或喊叫。这对少年伴侣发现了身体里的金矿并大肆开采,是人之常情,没有破格之处,只是觉得年轻的厨师若能放缓一下节奏可能会更好一些。给我上了一堂性爱课的,是另外一对男女。那是我改稿接近尾声时的一个中午,基本无人光顾的客栈来人了,也许小女孩出于方便打扫卫生的考虑,便把客人安排在我隔壁的房间。当时,我正在修改《一个下午》这首诗:

> 我带来的怨恨、逆反
> 这个下午我已经放下
> 在同样的树冠阴影里,昨天
> 我想到的是黑暗,是偷生的人群
> 是这儿暗无天日的爱情
> …………

这对男女进了房间,把门关上后,开始把电视打开,边看,边聊着街坊上的一些杂事。也就是那时,我才知道这客栈的隔墙一点也不隔音,他们的任何一句话,我都能听得一清二楚。十来分钟后,他们就上了床,男人开始嘿嘿嘿地用蛮力,女人礼节性地呼应着。我以为这场喜剧应该不会持续多久,就把声音当成了"暗无天日的爱情"的背景音乐,接着改稿:

> 今天,我心无杂念地
> 坐享清风的吹拂,看着几只蝴蝶

在悬崖边放风筝，而鹰也成全它们
姿势、高度、自由性，悉数呈现
彼此没有戒心和妒忌
…………

男人继续用蛮力，女人则开始有节奏地喊叫起来，我能想象双方已经进入了胶着而又激烈的拉锯战，谁都停不下来。让我困惑，同时也热血沸腾的是，这一对男女在我勉强将诗稿改完之后，仍然没有半点停下来的意思，男人有绵绵不绝的蛮力，女人的喊叫始终激越。我想，我再也不能继续坐在房间里了，于是出了门，坐到了楼下走廊的台阶上。我不打算走开，我想看看这是怎样的一对男女。他们的声音传到了楼下，那个砍草的小女孩，也放下了镰刀，痴痴地听着……在此，我没有必要写出具体的时间长度，但它确实拉断了我心上的一根根弦。我也由此断定，也许只有那些脱离了时间管束的神仙眷侣才配享受这样的肉身极乐。然而，晚餐的时候，在狭小的餐厅里，我看见的一男一女，他们都在五十岁左右，男人很猥琐，女人臃肿、丑陋，一看就是人们所说的下等人。他们只点了一菜一汤，吃饭的时候，彼此之间，一句话也没有说，也没有谦让的动作和其他肢体交流。厨师问他们，明天中餐想吃什么菜，他们同时摇了摇花白的头。

乌蒙山记
WUMENGSHAN JI

图书在版编目(CIP)数据

乌蒙山记 / 雷平阳著. -- 桂林：广西师范大学出版社，2024.10. --（雷平阳作品系列）. -- ISBN 978-7-5598-7236-4

Ⅰ.I267

中国国家版本馆 CIP 数据核字第 2024X22B62 号

广西师范大学出版社出版发行

  广西桂林市五里店路9号　邮政编码：541004
  网址：http://www.bbtpress.com
出版人：黄轩庄
全国新华书店经销
广西广大印务有限责任公司印刷
  桂林市临桂区秧塘工业园西城大道北侧广西师范大学出版社集团有限公司创意产业园内　邮政编码：541199
开本：787 mm×1 092 mm　1/32
印张：8.125　　　　　字数：150 千
2024 年 10 月第 1 版　2024 年 10 月第 1 次印刷
印数：0 001~5 000 册　定价：48.00 元

如发现印装质量问题，影响阅读，请与出版社发行部门联系调换。